Nous remercions le ministère du Patrimoine canadien,
la SODEC et le Conseil des Arts du Canada
de l'aide accordée à notre programme de publication

ainsi que le Gouvernement du Québec
– Programme de crédit d'impôt
pour l'édition de livres
– Gestion SODEC.

Logo de la collection :
Sv Bell

Illustration de la couverture :
Catherine Trottier

Édition électronique :
Infographie DN

Dépôt légal : 3ᵉ trimestre 2002
Bibliothèque nationale du Canada
Bibliothèque nationale du Québec

3456789 IML 09876

# L'ODEUR DU DIABLE

**Données de catalogage avant publication (Canada)**

Brochu, Isabel

   L'odeur du diable

   (Collection Chacal ; 18)
   Pour les jeunes de 12 ans et plus.

   ISBN 2-89051-835-3

   I. Titre   II. Collection

PS8553.R597O33 2002     j843'.914     C2001-941056-5
PS9553.R597O33 2002
PZ23.B76Od 2002

# L'ODEUR DU DIABLE

## Isabel Brochu

horreur/angoisse

**ÉDITIONS
PIERRE TISSEYRE**

5757, rue Cypihot, Saint-Laurent (Québec)  H4S 1R3
Téléphone: (514) 334-2690 – Télécopieur: (514) 334-8395
Courriel: ed.tisseyre@erpi.com

*À la mémoire
de cet amant des livres
que fut mon père, Jean-Marie.*

# Chapitre 1

# Un long congé
# qui s'annonce

Sophia est installée à la bibliothèque municipale pour terminer la recherche qu'elle doit faire en histoire. Assis un peu plus loin, à une autre table, Laurent Dion la regarde sans arrêt. Il veut devenir son petit ami depuis longtemps et fait tout pour la convaincre. Il la suit, lui donne des cadeaux, lui téléphone, bref, il ne lésine pas sur les moyens. C'est inutile. Elle ne veut pas. Tout le monde sait cela : lorsqu'elle décide quelque chose, elle ne lâche jamais prise. Mais Laurent ne désespère pas. Lui aussi est très entêté.

Elle regarde sa montre : dix-sept heures.

— Je suis encore en retard. Maman ne sera pas contente.

— Est-ce que je peux t'aider ? Tu as l'air contrariée.

7

Laurent est arrivé sournoisement derrière elle.

— Encore toi ? Je t'ai déjà dit d'arrêter de me suivre partout. Tu es vraiment harcelant à la fin. Sais-tu que le harcèlement est criminel, Laurent Dion ?

— Ne commence pas tes grands discours philosophiques pour rien. Je voulais seulement t'offrir un coup de main, répond le jeune homme, habitué aux réponses abruptes de Sophia.

— Non merci. Est-ce que cette réponse est plus claire et moins compliquée que mes grands discours philosophiques ? lance Sophia ironiquement. Est-ce que c'est une réponse que tu es capable de comprendre, hein ?

— Tu ne devrais pas rire de moi. Je suis certain que nous pourrions être les meilleurs amis du monde. Nous pourrions même… si tu le voulais… un peu plus.

— Je ne veux pas, Laurent, je ne veux pas. Salut. Je ne te dis pas à la prochaine.

Sa mère déteste son manque de ponctualité. Sophia ramasse ses affaires et décampe à toute vitesse. Elle n'a pas besoin de regarder derrière elle, elle sent le regard de Laurent qui lui colle à la peau. Sans trop comprendre pourquoi, elle éprouve une légère sensation d'angoisse.

« Ce qu'il peut être agaçant, celui-là. Il ne comprend vraiment rien à rien. »

Sophia est une jeune fille de seize ans. Elle est grande, élancée, le visage encadré par de longs cheveux bruns. Comme lui dit souvent sa mère, elle a une tête aussi dure que du ciment. Son caractère déterminé se reflète sur son visage. Elle terminera bientôt son secondaire et souhaite étudier encore longtemps. Elle aimerait devenir journaliste pour approfondir des sujets différents, rencontrer des gens de toutes les cultures et de toutes les langues. Pour y arriver, elle sait qu'elle doit travailler très fort. Mais elle est prête à faire les sacrifices qui sont nécessaires. Elle a déjà commencé d'ailleurs.

— Salut, maman, c'est moi ! crie-t-elle en entrant dans la maison.

— Je sais bien que c'est toi. Tu te rappelles que nous devions cuisiner ensemble ?

— Oui, maman. Excuse-moi, mais lorsque je commence à travailler à la bibliothèque, on dirait que le temps s'arrête et j'oublie tout.

— Même moi ? réplique sa mère en faisant semblant d'être triste.

Sophia s'approche et lui donne un gros bisou sur la joue. Elle l'adore. Hanny la comprend et lui laisse la liberté dont elle a besoin. Elle vit seule avec elle depuis la mort de son père, survenue lorsqu'elle était petite. Elle n'en a aucun souvenir. Bien entendu, sa mère lui parle souvent de lui, et elles regardent des photos ensemble. Mais ce n'est pas pareil. C'est un peu comme si son père était un personnage de roman. Son roman préféré. Il va toujours demeurer un personnage irréel, une création de son esprit.

— Maman, je t'ai déjà parlé de Laurent Dion, ce gars qui n'arrête pas de me suivre partout ? Tu te souviens ?

— Oui, je l'ai même vu une fois, à une rencontre de parents. C'est lui qui accueillait les gens à la porte. Un beau garçon qui me semble intelligent. Et bien élevé en plus.

— Il est peut-être beau, mais pas intelligent du tout ! Si tu veux mon avis, je le trouve plutôt collant et un peu stupide. Il m'a encore suivie à la bibliothèque aujourd'hui. Il arrive à tout moment derrière moi, sans prévenir. J'en ai marre et je ne sais pas quoi faire pour m'en débarrasser.

— Est-ce que tu lui as dit d'une façon précise qu'il ne t'intéresse pas ?

— Je crois que je ne peux pas être plus claire, rigole Sophia.

— Alors, il doit te respecter. Absolument. S'il exagère, je veux que tu me préviennes, d'accord ? Il ne faut pas laisser aller trop loin ce genre de comportement.

— Je crois que je suis capable de régler ce petit problème toute seule.

Sophia et sa mère s'assoient à la table pour manger.

— Je voulais te parler de quelque chose, ma chérie. Mon amie Frédérique m'a invitée à passer la fin de semaine à son chalet dans les montagnes. Puisque tu n'as pas d'école vendredi, je me suis permis de prendre jeudi et vendredi de congé. Je pars donc demain matin, après le déjeuner. Je crois que ces quelques jours me feront un bien énorme. Je serai de retour très tôt dimanche matin. Ça t'embête de passer trois longues journées sans moi ?

— Pas du tout. Tu sais que je n'ai pas peur d'être seule à la maison. De toute façon, je suis débordée avec ma recherche et tous les autres petits trucs que j'ai dans la tête, ces temps-ci. Je dois préparer mon exposé oral, alors je vais m'enfermer dans ma chambre et travailler.

— Tu peux inviter une copine si tu le désires. Cela ne me dérange pas du tout. Au contraire, je crois que je serais moins inquiète de te savoir avec quelqu'un.

— Tu sais bien que je n'ai pas d'amie. Je n'ai que Chapi. C'est la seule personne avec qui je m'entends bien. Il n'y a vraiment aucune fille avec qui j'ai envie de passer autant de temps.

— Comme tu veux. Dans ce cas, je vais prévenir nos voisins, monsieur et madame Robichaud. Si jamais tu as besoin de quelque chose, n'hésite pas à le leur demander. Ils sont très gentils et compréhensifs. Ils te considèrent comme leur propre fille.

— Je sais, maman. Si tu veux, je prendrai mes repas du soir avec eux. Ils seront très contents et toi, tu seras moins inquiète.

— C'est parfait, ma grande. Je vais régler ça avec eux tout de suite.

La mère de Sophia s'occupe rapidement de planifier l'horaire de sa fille avec les voisins. Elle pourra donc partir l'esprit tranquille, dès le lendemain matin.

# Chapitre 2

# Une découverte angoissante

Le réveille-matin de Sophia résonne dans le silence de la maison endormie. Comme elle est déjà levée et partie depuis longtemps, Hanny arrive dans la chambre en bâillant pour arrêter la sonnerie.

« Chère Sophia. Elle est vraiment spéciale, celle-là. Assurément, elle est la seule adolescente qui se lève à cinq heures pour aller prendre des photos de la ville au petit matin. »

Pour Sophia, il n'y a rien de mieux qu'une ville qui se réveille pour stimuler ses sens et son esprit. Les bruits du matin, les odeurs qui flottent près des cuisines des restaurants, la couleur du ciel et le visage des rares passants. Elle prend des photos et encore des photos, dont elle conserve les meilleures dans un album. Pour devenir une bonne journaliste, elle doit connaître tout sur les activités des gens et les observer lorsqu'ils vaquent à leurs occupations.

Ce matin, le temps est un peu gris. Au mois de mai, la température connaît des hauts et des bas. Le ciel est sombre et l'air ambiant, chargé d'humidité. Sophia a remarqué que le visage des passants prend souvent la même nuance que celle du temps. Comme d'habitude, on entend les camions livrer des marchandises ici et là, lâchant des vapeurs d'essence derrière eux. Quelques voitures circulent dans les rues. Fatigué d'avoir couru toute la nuit à travers les ruelles, un chat regarde passer la jeune fille.

Sophia immortalise l'animal. Son poil et ses yeux sont noirs comme du charbon. La bête détourne son regard et commence à se lécher avec application. Sophia s'arrête et respire profondément afin d'enregistrer les effluves de ce matin du mois de mai. Soudain, une abominable odeur assaille ses narines. Elle n'a jamais rien senti de pareil. C'est comme si elle avait mis les pieds dans des restes d'animaux en décomposition.

« Quelle puanteur ! » lâche-t-elle.

14

Le chat est toujours assis et se nettoie minutieusement une patte blessée. L'odeur provient du fond de la ruelle, située à sa gauche. Même si c'est insupportable, elle s'oblige à aller voir pour prendre une photo. Elle a mal au cœur et avance doucement, une main sur le nez, vers le fond de la ruelle. Les relents viennent de là.

« Mon Dieu, c'est dégueulasse ! »

Devant elle, des rats morts, les plus gros qu'elle ait jamais vus. Par réflexe, elle saisit son appareil photo et fixe la scène digne d'un film d'horreur. Les corps sont disposés d'une manière très bizarre. Ils forment le nombre 666 et ce n'est pas par hasard. Quelqu'un a volontairement placé les bêtes de cette façon. Sophia lève la tête et regarde le mur. Ce qu'elle aperçoit est saisissant et horrible tout à la fois. Une immense murale représente sept rats dont le rictus est presque humain. Leurs petits yeux lumineux et perçants regardent la jeune fille qui a peine à en détacher le regard. Elle n'a jamais rien vu d'aussi surréaliste.

Que signifie tout ça ? Autre détail très étrange, les sept rats du premier chiffre six ont, à la patte, une étiquette nouée par une petite ficelle. Sept rats, comme sur le mur. Elle se penche, place son foulard sur son nez. Quelque chose est écrit sur chaque étiquette.

« NICOLAS HARVEY…, lit Sophia. Mais qu'est-ce que c'est que cette… »

Elle regarde un autre papier.

« VINCENT SALESSE… CLAUDE PITRE… Mais c'est incroyable, il y a le nom de quelqu'un attaché à chacun des rats. Qu'est-ce que c'est que cette histoire ? »

À l'entrée de la ruelle, un bruit bizarre la distrait de sa macabre découverte. Elle se lève de manière abrupte. Bizarrement, Sophia se sent coupable comme si elle avait été surprise sur le lieu d'un crime. Un homme se tient debout. Il porte le chat blessé de tout à l'heure et le caresse doucement. L'individu est vêtu d'un long manteau kaki qui lui descend jusqu'aux chevilles, boutonné jusqu'au cou. Il est chaussé de bottes noires. Ses cheveux noirs sont lisses et très longs. Sophia ne peut pas distinguer les traits de son visage. Il est trop loin et se trouve dans l'ombre. Elle lui crie :

— Eh vous, là-bas ! Il faut prévenir la police. Il se passe des choses bizarres ici.

Après un moment de silence, l'homme se met à rire d'un rire à lui faire dresser les poils sur les bras. Il rejette la tête en arrière comme si cela lui permettait de s'esclaffer encore plus fort. C'est lugubre, affreux, malsain, presque inhumain. Malgré la peur qui lui donne la chair de poule et les vapeurs fétides qui lui donnent la nausée, Sophia attrape rapidement son appareil et fixe l'homme sur sa pellicule. À peine le temps de baisser son appareil que l'individu a disparu. Le chat est assis et regarde Sophia. Il recommence lentement à lécher sa patte.

« Je dois prévenir la police tout de suite. » Elle jette un dernier regard aux rats. Un billet attire son attention. Elle s'approche. Son cœur bondit dans sa poitrine.

« SOPHIA DORÉ… » Son nom, son nom est écrit sur un des papiers !

Quelle matinée épouvantable ! Sophia a bien dû raconter vingt fois son histoire à la police. Elle n'a pas réussi à déjeuner. L'odeur lui est restée dans le nez. Le pire, c'est qu'elle est effrayée parce que son nom est écrit sur un des rats et que personne ne peut lui expliquer pourquoi. Pour surmonter son inquiétude, elle décide de faire son enquête personnelle. Bouger l'a toujours empêchée de se casser la tête. Elle a noté tous les noms écrits et pris des tas de photos des rats, de la ruelle et de l'étrange murale.

«Déjà dix heures. Pas question d'aller à l'école aujourd'hui, j'ai beaucoup trop de choses à faire.»

Assise sur le canapé du salon, Sophia pense à la journée qui s'annonce. La peur est très présente, mais elle ressent en même temps une forte excitation à l'idée de mener sa petite enquête.

«C'est l'occasion de prouver à tout le monde que je possède toutes les qualités pour devenir une bonne journaliste. La première chose à faire, c'est de développer toutes les photos que j'ai prises ce matin. Allez, au travail!»

La jeune fille se lève d'un air décidé, attrape son appareil et se dirige vers son petit labo. Comme la photo est une véritable passion, sa mère et son parrain ont participé financièrement à l'installation d'un mini-laboratoire de développement. C'est petit, mais elle peut tout faire elle-même. Installée dans l'espace situé sous l'escalier, elle possède l'essentiel: des bacs d'acide, un agrandisseur et une corde pour suspendre ses photos. Elle pénètre dans son univers, verrouille la porte à double tour et se met à la tâche avec énergie. Quelques heures plus tard, installée sur la grande table de la cuisine, Sophia regarde attentivement toutes les photos ainsi que les noms de sa liste, placés par ordre alphabétique.

**LÉO ALLARD**
**SOPHIA DORÉ**
**NICOLAS HARVEY**
**SAMUEL IMBEAULT**
**PIERRE ORLANDO**
**CLAUDE PITRE**
**VINCENT SALESSE**

« Sauf si Claude Pitre est une femme, je suis la seule fille de la liste. Cela pourrait vouloir dire quelque chose. Je ne connais aucune des autres personnes, et ce ne sont pas des élèves de l'école. Je dois donc découvrir qui sont ces gens et pourquoi leurs noms figurent là, et ainsi peut-être comprendre la présence du mien. C'est vraiment incroyable tout ça. »

Munie d'une énorme loupe, Sophia analyse dans les moindres détails les photos étalées devant elle : il y en a une du chat assis, plusieurs des rats, deux de la murale et une seule de l'individu mystérieux. Cet homme a peut-être quelque chose à voir avec cette affaire. Mais quoi ?

Le téléphone rompt le silence de la maison.

La jeune fille sursaute. Son cœur bat la chamade.

« Je dois me calmer avant de faire une crise cardiaque. Ce n'est que le téléphone. »

L'afficheur indique le numéro de son école, la polyvalente Jean-Latour. Sophia se concentre pour prendre un air malade et une voix de circonstance. Elle décroche le téléphone.

— Oui, chuchote-t-elle dans un souffle à peine perceptible.

— Ici madame Drolet, la directrice de l'école Jean-Latour. Puis-je parler à madame Doré ?

Sophia feint une toux épouvantable. Elle veut tellement être convaincante qu'elle finit par s'étouffer réellement.

— Je m'excuse, madame Drolet, je suis très grippée. J'imagine que ma mère a oublié de vous téléphoner ? Elle a tellement de choses à faire.

— Effectivement, Sophia, personne ne m'a prévenue de ton absence. Tu vas bien ?

— Pas très fort, répond celle-ci entre deux fausses quintes de toux.

— Nous étions inquiets de ton absence, mais je vois que tu es malade. J'aimerais quand même que ta maman me téléphone dès son retour. Tu peux lui faire le message?

— Oui, madame Drolet. Mais maman est partie au chalet d'une amie pour une longue fin de semaine. C'est impossible de la joindre avant lundi.

— Alors, j'attendrai son appel lundi matin.

— Sans faute, madame Drolet.

Sophia retourne s'asseoir et pousse un énorme soupir. Elle a trop toussé. Sa gorge est irritée.

« Commençons par résumer les faits. Premièrement, la disposition des rats pour former le nombre 666 doit signifier quelque chose. Je sais que ce nombre est associé au mal. Des rats... pourquoi des rats? Celui qui a fait ça veut-il évoquer le mal? Mais pourquoi des noms sont-ils attachés aux pattes des rats? Et pourquoi le mien est-il là? Ce n'est pas très rassurant. »

Sophia inspecte à nouveau la photo de l'inconnu.

« Qu'est-ce que c'est que ce truc? On dirait bien une épinglette accrochée à son manteau... je n'arrive pas à voir... pourtant il me semble que cette chose ne m'est pas inconnue. Je vais faire un agrandissement plus tard. Pour l'instant, j'ai faim. »

Elle regarde sa montre, il est seize heures trente. Sophia laisse toutes ses affaires sur la table et court s'habiller avant de se rendre chez les Robichaud. Il ne faut surtout pas arriver en retard chez ses vieux amis.

# Chapitre 3

# Une menace

Sophia cherche en vain le sommeil. Elle se tourne et se retourne dans son lit sans fermer l'œil. Cette journée mouvementée a fait fuir le sommeil. Elle fixe le plafond, avec un mal de dos, des yeux qui piquent et un cerveau qui ne veut pas arrêter de fonctionner.

« Pourtant, il faudra bien que j'arrive à dormir. J'ai un tas de choses à faire demain. »

Pour se rassurer, elle a laissé une petite lampe allumée dans le corridor qui mène à sa chambre. Toutes les portes sont fermées à double tour. Heureusement, la maison est située dans un quartier très tranquille et elle est entourée de voisins. Malgré tout, cette histoire de rats la rend anxieuse. Elle décide donc de prendre un lait chaud en écoutant les informations du soir. Elle saute de son lit et se rend à la cuisine.

Enveloppée dans la robe de chambre épaisse de sa mère, elle s'installe confortablement sur le divan, allume la télévision et se réchauffe les mains sur sa tasse de lait brûlant. Elle peut sentir le parfum de sa mère dans le vêtement. Cela lui fait du bien.

*La grève dans le secteur de la santé est de plus en plus imminente. Le président du syndicat a affirmé que les dernières offres du gouvernement sont tout à fait inacceptables pour ses membres. L'été risque d'être encore chaud dans les urgences.*

*Maintenant, passons à une triste nouvelle. Le cadavre d'un homme âgé de quarante ans a été retrouvé vers quatorze heures cet après-midi. Il s'agit de monsieur Vincent Salesse, un éleveur de singes bien connu. Le cadavre a été découvert par sa femme. Celle-ci souffre d'un choc nerveux et a été conduite à l'hôpital. Selon toute vraisemblance, l'homme aurait été victime d'un meurtre. Un singe mort gisait près du cadavre.*

Sophia se lève. Sa tasse de lait tombe sur le plancher. Elle n'en revient pas. Vincent Salesse est inscrit sur la liste des noms étiquetés aux pattes de rats.

*La police pense que ce meurtre pourrait être en rapport avec une découverte étrange qui*

*a eu lieu, très tôt ce matin, dans une ruelle du centre-ville. Cependant, il ne s'agit que d'une hypothèse. Il est impossible d'obtenir plus d'informations pour le moment.*

Sophia est debout dans le salon. Les deux bras ballants, son esprit répète, comme un disque rayé, la nouvelle qu'elle vient d'entendre à la télévision. « *Le cadavre d'un homme de quarante ans… Vincent Salesse… Victime d'un meurtre… D'un meurtre…* » Comme un lion en cage, elle tourne en rond dans le salon en parlant très fort. Elle piétine dans le lait renversé, mais ne s'en rend pas compte. Elle court vérifier chaque porte de la maison et revient au salon.

« Ce n'est pas un hasard ! Il y a un fou, un fou furieux en circulation… Mon nom est sur sa liste… Il va me tuer… Au secours !!!!! »

Sophia se précipite sur le téléphone.

« C'est vrai, il n'y a pas le téléphone au chalet de Frédérique. Je dois pourtant parler à quelqu'un, sinon je vais devenir folle. Pas les Robichaud, ils sont trop vieux. Je vais les faire mourir de peur. Je ne vois que Chapi, vite… »

Charles-Philippe Saulnier-Robert est le garçon le plus cool de l'école et des environs. Il est tout le contraire de Sophia. C'est sans doute ce qui attire la jeune fille, toujours effi-cace et pressée. Cheveux assez longs, lunettes rondes à monture d'écaille, pantalon trop grand, chandail trop large, Charles-Philippe a la mauvaise habitude de commencer la plu-part de ses phrases par Eh! En plus d'être le gars le plus décontracté en ville, il est très intelligent. Mais il ne le sait pas. C'est ce qui plaît à Sophia, qui déteste les grosses têtes.

— Allô! dit la voix pâteuse de Charles-Philippe.

— Chapi, heureusement c'est toi!

Chapi est le surnom que Sophia lui a donné parce qu'elle trouve son prénom trop long à dire.

— Eh! Sophia, comment vas-tu?

— Mal, très mal, je suis en danger. Tu dois venir tout de suite. Je vais t'expliquer. J'ai besoin de ton aide.

— Eh! en danger de quoi? Il est plus de vingt-deux heures, dit-il en poussant un long bâillement.

— En danger de mort, Chapi, en danger de mort!

— OK, j'arrive.

Sophia raccroche le combiné et court à travers la maison pour allumer toutes les lumières. Lumière dans le corridor. Lumière dans la chambre de sa mère. Lumière dans sa chambre. Pas question qu'une seule pièce demeure dans l'obscurité. Ensuite, blottie sur le divan, elle ne bouge plus jusqu'à l'arrivée de son ami. Elle a besoin que quelqu'un lui pince le bras et lui dise qu'elle n'est pas en train de déraisonner complètement.

Charles-Philippe et Sophia sont assis par terre, entourés des photos et des notes sur leurs hypothèses et déductions. Avec ses cheveux en broussaille et ses vêtements fripés, Charles-Philippe est bien installé contre le sofa, les jambes étendues. On devine tout de suite qu'il s'est empressé de venir au secours de Sophia.

— Eh ! Pas très original d'utiliser le nombre 666. C'est une superstition dont il a été tant et plus question dans les films et les livres d'épouvante.

Sophia saute sur ses pieds. Surpris, Charles-Philippe la regarde sans comprendre.

— Eh !

— Qu'est-ce que tu as dit ?

— Eh !

— Tu as dit que c'était une vieille superstition. C'est bizarre, ça…

— Explique-toi.

— Je fais un travail sur les superstitions à l'école. Le nombre 666 est lié à certaines de ces pratiques ou croyances. En plus, j'ai l'impression que je suis la seule fille de la liste. Et c'est moi qui ai trouvé les rats. Cette histoire de fous tourne autour de moi, de ce qui se passe dans ma vie. Tu comprends ? Je suis certaine qu'en fouillant un peu nous découvrirons quelque chose sur les rats.

— Hum ! Sophia, j'ai un petit creux. T'aurais pas un truc à manger ?

— Comment peux-tu penser à manger quand je suis dans cet état ?

— Je pense mieux quand j'ai le ventre plein.

— Bon, je te fais un sandwich. Mais promets-moi qu'ensuite on va tenter de démêler tout ça. N'oublie pas qu'il s'agit d'un meurtre, Chapi, et que je fais partie de la liste.

Sophia termine à peine sa phrase qu'un bruit de verre brisé se fait entendre à l'étage. Elle presse sa main sur sa bouche pour ne pas crier. Charles-Philippe se lève lentement et s'approche d'elle.

— Qu'est-ce que c'est ?

— On dirait une vitre cassée.

Sophia place un doigt sur sa bouche pour dire à son ami de ne faire aucun bruit. Elle attrape une figurine en cuivre pour se défendre. Ils avancent très doucement vers l'escalier qui mène à l'étage. Charles-Philippe suit Sophia de très près. Heureusement, toutes les lumières du second palier sont allumées. C'est le silence le plus complet. En haut de l'escalier, il y a trois portes. Sophia ouvre celle de la chambre de sa mère. Rien. Ils se dirigent ensuite vers la chambre d'ami. Rien. Ne reste que sa chambre. Une odeur qu'elle reconnaît lui agresse les narines. Une main sur le nez, les deux amis pénètrent dans la pièce. Sophia a un mouvement de recul et ne peut s'empêcher de crier :

— Un rat mort dans ma chambre ! Quelqu'un a lancé cette chose affreuse attachée à une pierre, et ma vitre est cassée. Je vais me réveiller, c'est un cauchemar. C'est du délire.

— Eh ! C'est terrible, cette puanteur ! Nous devons sortir cette bête tout de suite. Les rats sont porteurs d'un tas de maladies.

— Je sais, dit Sophia au bord de la crise de nerfs. Regarde, il y a un papier à sa patte. Prends-le avant de jeter cette bestiole dehors.

Charles-Philippe s'approche du rongeur. Avec plusieurs épaisseurs de mouchoir, il enlève le papier plié et se dépêche ensuite de balancer l'animal par la fenêtre.

— Vite, Chapi, montre ce qui est écrit sur le papier.

L'adolescent le déplie lentement et avec grand soin. Un dessin étrange orne le coin supérieur gauche. Les pétales d'une fleur tombent et se transforment dans leur chute en gouttes de sang. Celles-ci forment, au bas de la feuille, une tache ayant la tête d'un rat dont les yeux sont d'un jaune éclatant.

Celui qui casse
le moindre de
mes pétales
sera puni
d'une manière
ou d'une autre.

— Un message, c'est un genre de devi-nette, dit Sophia. Tu vois bien que j'avais raison. C'est moi qui suis au centre de toute cette histoire de fous. On dirait que c'est une menace. Quelqu'un veut me prévenir qu'il y aura une prochaine victime. Mais pourquoi ? Pourquoi moi ?

Elle regarde Chapi. Elle attend qu'il lui dise quelque chose, n'importe quoi.

— La personne qui a dessiné ça a du talent. Tu as vu, ce rat est tellement bien fait qu'on dirait qu'il nous parle ?

Sophia est totalement désemparée. Il faut qu'elle bouge. Chapi la regarde dans les yeux et il comprend tout de suite qu'elle a très peur.

— Qui peut bien vouloir me faire peur ainsi, Chapi ? Qui peut me vouloir du mal ? Je n'ai jamais nui à personne et je m'occupe toujours de mes affaires. Même que les autres me trouvent plutôt ennuyeuse, achève-t-elle avec un petit rire ironique.

Chapi la regarde derrière ses petites lunettes rondes et s'approche d'elle doucement. Il lui prend la main et pose son autre main sur son épaule.

— Sophia, je pense qu'on doit prévenir la police.

— Tu as raison, Chapi, je téléphone tout de suite.

# Chapitre 4

# Des lectures inquiétantes

Trois heures du matin! Ils sont revenus du poste de police très tard. Sophia a tenté d'expliquer sa théorie sur les superstitions, les rats, la liste de noms et tout le reste. Mais l'enquêteur en chef, monsieur Sanschagrin, ne l'a pas crue. Il a écouté poliment son récit tout en demeurant très sceptique. Comme elle avait trop peur de rester seule à la maison, elle est allée dormir chez Charles-Philippe. Dormir? Pas vraiment, puisque Sophia a sombré dans le sommeil vers cinq heures du matin. Malgré cela, dès sept heures, ils sont assis dans la salle à manger et sirotent un café.

— Bonjour, les enfants. Avez-vous faim? demande la mère de Charles-Philippe.

— Non, merci, madame Saulnier. Je crois que je n'arriverai pas à avaler autre chose que ce café.

— Eh! Moi, je mangerais bien quelques crêpes au sirop d'érable, maman.

— Pas de problème, mon amour. Je te prépare un festin tout de suite.

Charles-Philippe a préféré ne rien dire à ses parents. Sa mère s'inquiète facilement, alors inutile de lui en dire trop pour l'instant. Pendant qu'elle s'affaire, Sophia chuchote à l'oreille de son ami :

— Écoute, Chapi. Nous avons une journée très chargée aujourd'hui. Si la police ne veut pas me croire, je dois trouver moi-même les preuves de ce que j'avance. Tu dois m'aider, absolument.

— Eh! Sophia, tu sais bien que tu peux me demander ce que tu veux.

Malgré toutes ses angoisses, Sophia regarde son ami avec tendresse. C'est vrai qu'elle peut compter sur lui. Il ne l'abandonne jamais. C'est cela un ami.

Madame Saulnier dépose une montagne de crêpes nappées de sirop d'érable devant lui. Sophia fait une moue de dégoût à la vue de cette nourriture.

— Je crois que nous devrions d'abord comprendre pourquoi ces gens sont inscrits sur la liste. Nous pourrions commencer par Vincent Salesse, celui qui est mort, dit-elle.

— Il élevait des singes. C'est spécial comme travail. Ça veut peut-être dire quelque chose, non?

— Tu as raison.

— Eh! Tu devrais goûter à ces crêpes. Les meilleures du monde!

Le sirop d'érable lui dégouline sur le menton. Elle ne comprend pas qu'il arrive à manger maintenant.

— Non, vraiment pas. Nous devons connaître la signification du message trouvé dans ma chambre hier soir. On fera peut-être un lien avec un des autres noms de la liste. Le message parle d'une fleur puisqu'il dit: «Celui qui casse le moindre de mes pétales...» On n'a qu'à chercher toutes les superstitions qui concernent une fleur.

— Et comment on fait ça?

— Il y a des livres et des dictionnaires sur les superstitions à la bibliothèque municipale. On va commencer par là.

— OK. Et les singes?

— On regardera en même temps.

Charles-Philippe dévore sa deuxième assiette pendant que Sophia boit son troisième café. Quelque chose la dérange. Elle oublie un truc important, mais elle n'arrive pas à retrouver son idée.

— Hier, tu disais que ton travail sur les superstitions a peut-être un rapport avec tout ça. Tu devrais penser à ceux qui sont au courant de ta recherche, non ? L'individu qui est derrière cette histoire connaît des choses sur toi, c'est évident.

— T'as bien raison ! Chapi, ce que tu peux être brillant. Attends que je réfléchisse un peu. D'abord, il y a mon professeur, monsieur Senneterre. Il y a aussi madame Limore, la bibliothécaire. Plusieurs élèves de ma classe, dont Laurent Dion. Lui, c'est le gars le plus pot de colle que je connaisse. Ensuite, il y en a plusieurs autres qui m'ont vue travailler à la bibliothèque puisque je suis là tous les soirs depuis deux semaines. Chapi, on n'y arrivera jamais. C'est trop compliqué !

— Eh ! pas de panique ! Allons-y par déduction. Je ne crois pas que monsieur Senneterre et madame Limore soient concernés puisqu'ils sont trop âgés. Les élèves sont trop jeunes. Tu dois oublier quelqu'un.

— Peut-être. Je vais continuer à y réfléchir. Pour l'instant, nous avons des choses plus urgentes à faire, dit-elle en se levant. La bibliothèque ouvre à neuf heures. Je dois passer à la maison pour boucher la fenêtre en attendant le vitrier. Prépare-toi ! Il n'y a pas de temps à perdre.

Comme prévu, les deux amis attendent l'ouverture de la bibliothèque à l'entrée de l'édifice.

— Vous ne profitez pas de votre congé pour vous amuser un peu ? demande madame Limore en voyant les deux adolescents, son trousseau de clefs à la main pour ouvrir l'énorme porte en bois sculpté.

— Non. Je veux travailler à ma recherche sur les superstitions. Chapi va m'aider.

— J'ai l'impression que les superstitions intéressent beaucoup de monde par les temps qui courent. La semaine dernière, j'ai dû sortir tous les livres qui parlaient de ce sujet.

Sophia et Charles-Philippe se regardent pendant que madame Limore poursuit son histoire. Ils pensent la même chose.

— À cause de ça, j'ai pris un retard important dans mon classement. Vous savez, avec toutes les restrictions budgétaires, nous avons moins de personnel mais toujours autant de travail.

— Qui vous a demandé de consulter des volumes sur les superstitions, madame Limore ?

— Je ne connais pas son nom. Un homme bizarre. Cheveux très longs, en tout cas pour un homme, visage émacié, yeux profonds. Très discret. C'est à peine si j'ai entendu le son de sa voix. Très particulière, d'ailleurs. Sa voix, bien entendu. Après m'avoir demandé de sortir les bouquins, il ne m'a plus adressé la parole. Il a passé l'après-midi à les feuilleter et je ne l'ai pas vu partir.

— Eh ! vous ne gardez pas le nom des personnes qui vous demandent de l'information ?

— Mais que crois-tu, mon petit ? Nous ne sommes pas la police. Il n'a pas sorti de livres. Lorsque les gens consultent des documents, nous ne faisons pas une enquête. Bon, je vous laisse, j'ai beaucoup de boulot et ce n'est pas en parlant que je vais rattraper mon retard.

Sophia l'interpelle avant qu'elle disparaisse :

— Madame Limore ? Une dernière question. Vous l'aviez déjà vu à la bibliothèque, ce type ?

— Mon Dieu ! Que de questions pour un fait aussi banal. Êtes-vous devenus détectives ?

Devant les regards sérieux des deux adolescents, elle poursuit :

— Je l'avais remarqué une seule fois auparavant. Je crois d'ailleurs que tu étais ici, mais probablement trop concentrée pour t'en rendre compte. Il était assis à trois tables de toi.

— Merci, madame Limore, nous ne vous dérangerons plus, ajoute Sophia en la regardant s'éloigner. Chapi, c'est sans doute lui, l'homme que j'ai vu dans la ruelle. Comment faire pour savoir son nom ou l'endroit qu'il habite ?

— Eh ! aucune idée Sophia. On ne sait rien de lui, sauf qu'il est plutôt original. Et on n'est pas sûrs qu'il ait un lien avec cette histoire de rats. Il s'agit peut-être d'une pure coïncidence. Tu ne dois pas oublier les autres possibilités. En attendant, mettons-nous au travail, soupire Charles-Philippe.

Sophia et son ami sont installés dans un coin reculé de la bibliothèque, derrière des étagères de livres. Ils cherchent un indice qui pourrait les mettre sur une piste intéressante. Dans la salle, c'est le silence le plus total. En ce vendredi matin, jour de congé pour plusieurs, il n'y a personne, à part madame Limore et eux. La bibliothèque est un des plus vieux bâtiments de la ville. Les murs et tout le mobilier sont en bois foncé. Dès qu'on met les pieds dans ce sanctuaire, l'odeur du passé nous pénètre tout entier. Sur chaque table, une petite lampe verte éclaire les lecteurs et contribue à créer une ambiance feutrée qui invite au calme et à la réflexion. Malgré sa nervosité, Sophia se concentre sur ses recherches. Charles-Philippe la quitte quelques instants pour aller aux toilettes. Pour commencer, elle tente de dénicher des informations sur les singes. Ce qu'elle découvre lui donne la chair de poule.

*La ruse, qui qualifie ordinairement le singe, pourrait être celle du diable, car les relations entre les deux sont souvent mentionnées. Nombreux sont ceux qui, vers la fin du XIX<sup>e</sup> siècle, croyaient encore au caractère démoniaque du singe, considéré comme incarné ou possédé par Satan.*

Ce passage met Sophia en émoi. Il ne fournit pas d'indice direct sur le meurtre, mais il y a quand même un lien évident avec le nombre 666 qui représente le diable. Elle poursuit sa lecture sous le mot « rat ». Des phrases affreuses défilent sous ses yeux.

*Dès l'Antiquité, ce rongeur impur, vorace, familier des ténèbres souterraines, est considéré comme une créature infernale... Selon certaines croyances, le rat, qui abrite l'âme d'un défunt, annonce une mort en pénétrant dans une maison.*

La jeune fille est épouvantée, et Chapi n'est toujours pas revenu des toilettes. Elle n'arrête pas de lire et de relire le même bout de phrase : « *le rat, qui abrite l'âme d'un défunt, annonce une mort en pénétrant dans une maison* ». Elle est incapable de bouger de son siège. Comme dans un rêve lorsqu'on veut crier mais qu'aucun son ne sort de notre bouche. Ses mains sont crispées sur les pages du livre. Si elle tourne la tête, quelque chose de grave va lui tomber dessus, elle en est sûre ! Sa respiration est saccadée et elle a très chaud. Une main glacée se pose sur elle. Elle sursaute en criant, se retourne et voit Laurent Dion, debout derrière elle.

— Je ne pensais pas que je te faisais autant d'effet, Sophia, dit-il, fier de lui, la bouche en cœur.

— Espèce d'idiot, tu as failli me faire mourir de peur, crie Sophia. Tu es sournois, ce n'est pas une façon d'aborder les gens. La ruse non plus. Je t'ai déjà dit de me laisser tranquille.

Sophia n'arrive plus à se contrôler. Son ton de voix augmente de plus en plus devant un Laurent Dion qui s'entête à afficher un large sourire qu'il croit enjôleur.

— Hypocrite, tête de mule, espèce de…

— Mademoiselle Doré, vous êtes dans une bibliothèque ici, pas dans une salle de défoulement. Je vous suggère de régler vos différends dehors ou de vous taire, lui dit madame Limore d'un air scandalisé et sévère.

Laurent profite de la semonce de madame Limore pour enfin s'asseoir en face de Sophia alors que Chapi rapplique.

— Eh! Qu'est-ce qui se passe, Sophia? Je t'ai entendue crier jusque dans les toilettes. T'as des problèmes?

— Oui, j'ai effectivement un problème. Le voilà, mon problème. C'est lui, rage-t-elle en montrant Laurent Dion. Il me suit, me harcèle, me… me… m'énerve!!!

— Elle panique pour rien, réplique calmement Laurent. Ou peut-être que je la dérange plus qu'elle ne veut bien l'admettre. Je lui touche l'épaule pour lui faire savoir que je suis là et elle me crache un paquet de bêtises à la figure. C'est à n'y rien comprendre. C'est pas parce que tu es belle et intelligente que tu as le droit de dire n'importe quoi aux autres, Sophia Doré.

— Et c'est pas parce que tu es un homme, et moi une femme, que tu as le droit de me parler, de me toucher et de me harceler alors que je t'ai dit à plusieurs reprises que JE~NE~VEUX~RIEN~SA~VOIR~DE~TOI.

— Eh! du calme, Sophia, cool. Laurent, je crois que tu ferais mieux de partir.

— Avec plaisir, répond l'intéressé en se dirigeant vers la sortie.

Il est quand même un peu offusqué par l'attitude de Sophia. Il n'a pas l'habitude de se faire traiter ainsi, surtout par une fille. À quelques mètres de la porte, il lui lance :

— Tu sais, Sophia, tu finiras bien par te rendre compte que je suis le gars idéal pour toi. Un jour ou l'autre…

Charles-Philippe attend que la porte se referme définitivement sur Laurent.

— Qu'est-ce qui se passe, Sophia? Pourquoi as-tu pété les plombs comme ça?

— Lis ces deux textes et tu vas comprendre.

Charles-Philippe scrute avec attention les découvertes de Sophia et comprend son désarroi. Sur le point de pleurer, elle ajoute :

— Nous devons découvrir rapidement le lien avec cette fleur. Le temps presse, c'est un détraqué, ce type. Il y aura d'autres morts, Chapi, j'en suis certaine. Et si ce que j'ai lu sur les rats est vrai, je risque d'être la prochaine victime puisqu'une de ces bêtes a atterri chez moi… directement dans ma chambre !

# Chapitre 5

# La course contre la mort

Vendredi matin, onze heures. Les deux complices sont attablés devant un bol de lait fumant au café *Le Foutoir*. Cet endroit porte bien son nom. Les propriétaires, de grands voyageurs, ont décoré les murs avec leurs souvenirs de voyage : masques africains, tapis d'Orient, dentelles de Bruges, drapeau d'Israël, cornemuse, chapeau tyrolien, cartes postales ; bref, c'est le musée du voyage. Pas étonnant que Sophia s'y sente tout à fait chez elle. Les étagères, qui sont dispersées dans tous les coins du café, débordent de livres et de revues. Mais, malgré la musique douce et l'ambiance chaleureuse, Sophia n'arrive pas à se calmer. Elle ne tient pas en place.

— Eh ! Arrête de bouger, tu vas finir par me stresser !

— Te stresser ? Toi ? C'est de la science-fiction. Alors, qu'est-ce que tu as comme information sur les fleurs ?

— Dans les livres que j'ai consultés, il y a environ soixante-quinze plantes qui ont un rapport avec certaines superstitions. Si j'élimine celles qui ont un nom exotique, par exemple l'amarante ou encore… ou encore… la pilo-selle, il en reste environ une cinquantaine.

En disant cela, il met une pile de feuillets de côté. Il se concentre sur ce qu'il fait pour ne pas mêler ses documents.

— Si j'élimine celles qui ne poussent pas par ici… comme l'edelweiss ou encore le jasmin, il en reste, il en reste, attends que je compte… un… cinq… dix…

Il lève la tête. Son amie est silencieuse. Anormalement silencieuse.

— Eh ! tu ne m'écoutes même pas ! Je n'ai aucun intérêt pour la botanique, moi. Je fais ça pour toi !

— Nous nous trompons, Chapi. Je suis certaine qu'il existe un moyen d'accélérer. Au lieu de chercher la fleur, on devrait chercher la personne qui a un lien avec les fleurs. Nous pourrions gagner du temps et peut-être sauver une vie.

— Eh ! C'est pas fou ton idée. On pourrait commencer par regarder dans l'annuaire téléphonique pour vérifier les adresses. On ne sait jamais.

Ils prennent rapidement le bottin et consultent les adresses à partir de la liste de noms, classée par ordre alphabétique.

— Allard Léo… 1875, rue de l'Église. C'est à l'autre bout de la ville et nous n'avons même pas de voiture. En autobus, c'est trop long et en taxi, beaucoup trop cher.

— Eh ! Je peux arranger cela. Pascal-Antoine est parti avec ses amis pour la fin de semaine. Il a laissé sa voiture et je sais où sont les clefs, ajoute-t-il avec un air moqueur.

— Ton frère va te tuer si tu prends sa voiture sans sa permission. Tu n'as même pas ton permis de conduire.

— Justement ! C'est une question de vie ou de mort, non ?

— Tu as raison. Continuons maintenant. Nicolas Harvey… Il y a trois Nicolas Harvey. Note les adresses : 44, rue du Ressac ; 579, avenue de la Chance ; 106, rue Bretelle.

— Eh ! Pourquoi les rues portent-elles des noms aussi stupides ? Rue Bretelle ! Ridicule !

Elle ne l'écoute pas et continue à feuilleter assidûment le bottin.

— Samuel Imbeault… Samuel Imbeault… conseiller fiscal ; 83, rue du Roudoudou.

— Eh ! Qu'est-ce que je te disais ? Rue du Roudoudou, s'esclaffe Charles-Philippe. Rue du Roudoudou… Roudoudou… C'est vraiment trop nul !

Plus il répète le nom de la rue, plus il rit. Sophia le regarde sans comprendre sa réaction. Elle ne pense pas que le temps est à la rigolade. En fait, elle ne rit pas du tout.

— Ce nom lui a été donné parce qu'il y avait autrefois une fabrique de caramel, dans cette rue. Le roudoudou est une sorte de caramel. On l'a vu à l'école.

Son ami est pris d'un fou rire délirant. Il se tient le ventre et essaie de parler.

— Eh ! Je sais… excuse… roudoudou… ridicule.

— Mais arrête, Chapi, je ne rigole pas du tout, moi. Tu n'es pas drôle. Calme-toi un peu.

Après quelques minutes, le garçon finit par reprendre ses esprits. Il s'essuie les yeux, entre deux derniers sursauts.

— Je suis un peu fatigué. Excuse-moi.

— Bon, continuons. Pierre Orlando…

En voyant le nom et l'adresse dans le bottin, ils se regardent et retiennent leur souffle.

*Orlando, Pierre,*
**L'œillet d'or**
**Fleuriste**
*33, rue des Affaires*

— Mon Dieu, c'est sûrement lui. Vite, regarde dans tes copies si tu as l'œillet.

— Je sais que l'œillet s'y trouve. Je m'en souviens.

Chapi consulte ses photocopies pour trouver celle où il est question de l'œillet. Il essaie de se dépêcher, mais ce n'est pas dans sa nature. En plus, Sophia est sur son dos et ça l'énerve !

— Vite, plus vite, Chapi, dépêche-toi un peu !

Les mains du garçon commencent à trembler légèrement. Ses feuillets s'éparpillent par terre, au grand désespoir de Sophia. Découragé, il les regarde étalés sur le plancher et son regard tombe sur la fleur recherchée.

— Eh ! Voilà, voilà l'œillet, clame-t-il, triomphant.

— Vite ! Lis-moi vite ce qui est écrit.

Le jeune homme parcourt rapidement les lignes en diagonale. Sophia écoute avec attention, même si elle aimerait bien qu'il lise dix fois plus vite.

— «… symbolise l'amour… crainte de nombreuses personnes… odeur entêtante… chambre des patients… œillets de montagne…» Nom de Dieu, Sophia, écoute la suite : «Parmi les œillets de montagne, on signale dans les Alpes une variété qui pousse du cœur des morts ; celui qui en casse le moindre pétale sera puni d'une manière ou d'une autre.» Qu'est-ce que ça veut dire, le cœur des morts ? Un cimetière ?

— On s'en fout. Grouille, Chapi ! La rue des Affaires n'est pas très loin d'ici. On y va tout de suite, on comprendra plus tard.

Ils se lèvent en trombe sans prendre le temps de ramasser leurs affaires. Sophia oublie même son appareil photo qu'elle ne laisse jamais nulle part. Sous les regards surpris des clients et du propriétaire, ils ouvrent la porte et détalent vers la rue des Affaires, située trois coins de rue plus loin. Sophia, qui court plus vite que son ami, bouscule les passants sans faire attention. Elle a chaud, elle a peur, son cœur n'a jamais battu aussi vite. Plus que deux coins de rue. Vite, vite. Un coin de rue maintenant. Arrivée rue des Affaires, elle regarde le numéro sur une porte : 152. Elle traverse rapidement et continue à galoper vers le 33. 121… 115… 87… 63… 47. Elle s'arrête sec.

Son souffle est haletant, ses poumons vont éclater. Elle est incapable de parler. Des larmes perlent à ses yeux. Lorsque Charles-Philippe arrive près d'elle, son visage est rouge comme une pivoine. Il a de la peine à respirer. Entre deux sanglots, Sophia montre du doigt la petite boutique devant eux.

— Regarde, nous avions raison, mais nous arrivons trop tard. Chapi, pince-moi vite pour que je sorte de cet horrible cauchemar, dit-elle en se réfugiant dans ses bras.

Trois voitures de police et une ambulance sont garées devant le magasin du fleuriste. Sophia pleure comme une Madeleine. Pierre Orlando quitte sa boutique pour la dernière fois. Il s'en va maintenant vers ce qui deviendra sa dernière demeure, le cimetière. On l'a retrouvé mort, enterré sous des dizaines d'œillets rouges.

— Il se passe des choses vraiment bizarres ces temps-ci. On dirait un mauvais film d'horreur !

Sophia et Charles-Philippe se tournent dans la direction d'où est venue cette voix. Laurent Dion est debout derrière eux et observe les ambulanciers qui sortent le cadavre.

# Chapitre 6

# Du courrier nauséabond

— Je vous le répète, nous n'avons rien à voir là-dedans. En tout cas, pas de la façon dont vous le pensez. J'ai très peur de ce qui peut m'arriver. Vous êtes capable de comprendre ça ?

Sophia tente de convaincre l'inspecteur en chef Sanschagrin qui la bombarde de questions. Il se demande pourquoi Sophia est impliquée dans la série d'événements qui ont lieu depuis deux jours. Tout d'abord la découverte des rats morts dans la ruelle, aux aurores. Quelques heures après, celle du cadavre de l'éleveur de singes. Ensuite, un rat atterrit sans raison dans la propre chambre de la jeune fille, porteur d'indices sur un autre meurtre. Et pourquoi était-elle arrivée si vite chez le fleuriste ?

— Si je comprends bien, vous croyez que le meurtrier joue une espèce de petit jeu avec vous, en vous donnant des pistes sur les assassinats ?

— Je ne sais pas vraiment ce qui se passe. Ce que je sais, par contre, c'est que je suis en danger.

— Où sont vos parents, mademoiselle Doré ?

— Ma mère est au chalet d'une amie. On ne peut pas la joindre par téléphone et je ne sais même pas comment me rendre à cet endroit. Mon père est mort quand j'étais petite.

— Alors, écoutez-moi. Je ne veux pas que vous restiez seule et je veux savoir où vous êtes en tout temps.

Un policier fait entrer Chapi qui attendait dans une autre pièce. Sophia se jette dans ses bras. Depuis qu'il l'a consolée, elle éprouve un sentiment bizarre. On dirait qu'elle le regarde d'une façon différente. Évidemment, elle l'a toujours aimé, comme un ami. Mais cette histoire les rapproche de plus en plus. Elle ne comprend pas vraiment ce qu'elle ressent pour lui, mais un sentiment s'installe, quelque chose d'inhabituel, d'inconnu pour elle.

— Je vais rester chez moi, avec mon ami.

Les deux adolescents quittent le poste de police vers quatorze heures. Ils sont épuisés.

— J'ai faim, déclare Charles-Philippe.

— Passons d'abord au café pour récupérer nos affaires. Après, on ira à la maison réfléchir à tout cela.

Jacob Ferland, le propriétaire du café, attend le retour de ses deux clients. Il connaît très bien Sophia. C'est une fidèle de la maison et une amie.

— Dis-moi, Sophia, je t'avais déjà vu pressée mais jamais comme ce matin, dit-il en riant.

— Si je te racontais pourquoi, tu me prendrais pour une folle, répond Sophia en poussant un énorme soupir. Excuse-moi pour le désordre de ce matin. Nous sommes venus récupérer nos affaires.

— Un ami à toi est déjà passé les chercher. Il va les déposer chez toi, dans ta boîte aux lettres. J'ai gardé ton appareil photo pour qu'il ne traîne pas dans une boîte pour le courrier.

— Un ami ? Dans ma boîte aux lettres ?

— Oui, un type un peu bizarre, avec des cheveux longs, très maigre. Et il portait un long manteau kaki. J'ai l'impression de l'avoir déjà vu quelque part… Il y a quelque temps…

Mais je n'arrive pas à me souvenir où exactement. Peut-être que je le confonds avec quelqu'un d'autre.

— Misère de malheur ! s'écrie Sophia en cherchant à tâtons une chaise pour s'asseoir au plus vite. Il s'agit bien de ce type de la ruelle et de la bibliothèque. Chapi, je crois que ce cinglé me suit partout.

— Eh ! Tu as bien raison de t'inquiéter, mais il ne faut pas tirer une conclusion hâtive.

Il prend la main de Sophia pour la rassurer un peu. Il ressent comme un courant, comme une vague de chaleur qui envahit son corps. Elle aussi. Ils se regardent en même temps, sans comprendre ce qui se produit.

— Nous devons rentrer tout de suite à la maison. Jacob, merci beaucoup d'avoir gardé mon appareil photo. Je t'expliquerai ce qui m'arrive plus tard. Pour le moment, nous sommes très pressés.

— Si je peux t'aider, tu me fais signe, Sophia, ajoute Jacob, qui s'inquiète beaucoup du comportement de son amie.

Il lui met la main sur l'épaule en faisant une pression rassurante.

— Tu sais très bien que tu peux toujours compter sur moi, n'est-ce pas ?

— Oui, Jacob. Merci beaucoup !

Les deux jeunes gens sortent du restaurant. Dehors, ils se regardent, incertains de ce qu'ils doivent faire.

— Peut-être qu'on devrait raconter tout ça à monsieur Sanschagrin, dit Chapi en la fixant intensément.

— Allons d'abord à la maison pour regarder dans la boîte aux lettres. Je ne sais pas pourquoi, mais j'ai l'impression que cet inspecteur en chef ne nous sera pas d'une grande utilité pour le moment.

Cachés derrière un bosquet chez les voisins d'en face, Sophia et Charles-Philippe scrutent les lieux. Tout est tranquille. Ils traversent la rue. La boîte aux lettres est à côté de la porte. Sophia peut voir qu'elle est pleine à craquer puisque le couvercle n'est pas refermé.

— Eh ! On devrait peut-être avertir les policiers et les laisser regarder eux-mêmes.

— J'ai pas confiance. Je préfère vérifier moi-même. Plus tard, j'irai leur mettre les preuves sous le nez pour leur montrer que nous ne fabulons pas. Ils verront bien que cette histoire pue.

Ils s'engagent sur le petit sentier qui mène à la maison. Il est pavé de vieilles pierres et flanqué de haies de rosiers. Au bas de la galerie, Charles-Philippe chuchote :

— Laisse-moi y aller.

— Non ! C'est mon affaire. Je ne veux pas qu'il t'arrive quoi que ce soit. Je m'en voudrais à mort.

— Alors, j'y vais avec toi.

Avec précaution, Sophia avance sa main vers la boîte aux lettres. Elle est tellement pleine qu'elle parvient difficilement à sortir tout le courrier.

— Pourquoi maman reçoit-t-elle tant de courrier ? C'est toujours les mêmes paperasses.

Il y a deux magazines, des feuillets publicitaires, des comptes à payer et deux enveloppes en papier kraft, une grosse et une petite. Elles sont au nom de Sophia Doré et ne portent ni adresse ni timbre. De toute évidence, quelqu'un est venu les déposer directement. Mais les écritures semblent différentes.

— Commence par celle-ci, indique Chapi en montrant la petite.

Les mains de Sophia tremblent. Elle déchire le haut de l'enveloppe qui contient un petit coffret en velours bleu. Doucement, en prenant toutes les précautions possibles, Sophia l'ouvre. Le sang cogne à grands coups dans ses oreilles. Elle est certaine que Chapi entend son cœur battre.

— Mais c'est pas vrai, c'est pas possible, s'écrie Sophia.

Le coffret contient une belle bague en or, décorée d'une petite pierre rouge. Un mot accompagne le bijou :

> Je suis désolé de t'avoir fait peur ce matin. Voici un petit cadeau pour t'aider à me pardonner. Je suis toujours près de toi, plus près que tu ne le crois. Les pires insultes ne changeront rien à cela.
>
> Laurent Dion

Sophia lance le cadeau de toutes ses forces vers le coin des poubelles. Elle est en furie.

— Il va falloir que je lui règle son compte, à celui-là.

Ce cadeau la choque tellement qu'elle en oublie presque sa nervosité de tout à l'heure. Elle déchire rapidement la grande enveloppe. L'odeur leur monte à la gorge.

— POUAH ! s'exclament-t-ils en même temps.

Ils n'ont pas besoin de déballer tout le paquet pour savoir ce qu'il y a dedans. Mais ils doivent vérifier si un message est attaché à l'une des pattes de la bestiole qui achève d'y pourrir.

— Attends, Chapi, je vais chercher des gants.

Sophia court à toute vitesse vers le petit hangar derrière la maison. Il n'est jamais fermé à clé. Sur le mur de gauche, les gants de jardinage de sa mère sont accrochés. Elle ressort aussi vite sans fermer la porte.

— Tiens… voici les gants de maman…

Ils déplient le papier journal qui entoure la bête. Comme la première fois, lorsque la pierre a brisé sa vitre, un dessin accompagne un message plutôt mystérieux.

Que peuvent avoir en commun
un artiste, un hanneton,
l'insomnie et une pie ?

Le dessin représente un visage d'homme dans lequel on peut voir différentes figures, selon le point de vue. Ainsi, le nez peut prendre la forme d'un pinceau ou d'un hanneton. Dans les plis des joues, on aperçoit le bec d'un oiseau et des plumes. Le rat avec ses petits yeux est encore là, comme une signature.

— Viens, dit Sophia, on va essayer de décortiquer tout ça à l'intérieur.

— Enfin. Je voudrais bien m'asseoir un peu.

Elle enlève les gants et les envoie rejoindre le cadeau de Laurent Dion.

Dans la cuisine, ils se lavent les mains avec un savon fort. Ensuite, assis à la table, ils examinent la mystérieuse missive qu'ils ont placée dans un petit sac en plastique pour ne pas y toucher.

— Eh! C'est à ni rien comprendre. Dommage que cet homme soit si dangereux, car il a un talent fou. Le dessin est impressionnant.

— Tu as raison, mais je m'en balance pas mal de son talent. Pour le reste, ce n'est pas évident du tout. Le mieux serait de faire un lien entre les personnes qui ne sont pas encore mortes et le message. Si nous avions fait cela avant, peut-être que Pierre Orlando serait vivant.

— On ne connaît pas ces gens, ce qu'ils font dans la vie et tout le reste, quoi! Et ce message, c'est comme du chinois.

Un silence s'installe entre eux. Ils réfléchissent à ce qu'ils doivent faire. La jeune fille n'arrive toujours pas à découvrir ce qui la dérange depuis deux jours. Pourtant, elle est certaine qu'elle oublie quelque chose d'important.

— Sophia, il y a une piste que nous avons oubliée.

— Laquelle ?

— Les rats.

— Je trouve que c'est difficile de les oublier, ceux-là, lance-t-elle en grimaçant.

— Ce que je veux dire, c'est que des rats gros comme ceux-là, on n'en déniche pas n'importe où. Tu vois où je veux en venir ?

— Génial, je te suis. On peut voir des rats dans les dépotoirs et les égouts.

— Eh ! Il n'y a que dans les égouts qu'on peut tuer des rats aussi gigantesques. Notre homme connaît certainement les égouts. Peut-être même qu'il vit là-dedans. Cette situation cause des problèmes à la Ville Les égouts sont devenus le lieu de résidence des laissés-pour-compte de notre société.

— Je sais. J'ai fait un reportage là-dessus pour le journal de l'école. Pourquoi j'ai pas pensé à ça plus tôt ?

— Certainement parce que tu es trop stressée.

— Chapi, nous devons faire vite. Va chercher la voiture de ton frère tout de suite. Moi, je retourne à la bibliothèque avant la fermeture. Je vais tenter de déchiffrer ce message. Ensuite, je connais quelqu'un qui va pouvoir nous donner un coup de main. Il connaît les égouts de la ville sur le bout de ses doigts. On se revoit au *Foutoir* vers seize heures trente.

# Chapitre 7

# L'itinéraire

— Encore vous, mademoiselle Doré ! J'espère que vous êtes plus calme que ce matin, grogne madame Limore en la voyant arriver. La bibliothèque ferme dans trente minutes. Vous devez vous dépêcher.

— Oui, je sais.

Sophia s'empresse de trouver les livres dont elle a besoin. Elle photocopie rapidement les pages qui l'intéressent. Elle les lira plus tard. Grâce à son efficacité légendaire, Sophia est assise au café *Le Foutoir* à l'heure prévue, avec même un peu d'avance. En attendant Chapi, elle commence à lire ses notes.

**Artiste**
*Autrefois, on prétendait que les artistes avaient des relations privilégiées avec le diable… il n'y a point de véritable œuvre d'art où n'entre la collaboration du démon.*

### Hanneton

C'est le diable qui a créé le hanneton, dit-on en Grande-Bretagne.

### Insomnie

Comme les cauchemars, les insomnies passaient pour être provoquées par des mauvais esprits.

### Pie

On la dit bavarde comme les gens ivres. Parmi tous les oiseaux sauvages, la pie est celui qui entretient le plus de liens avec le monde satanique.

« Le démon ou le diable sont toujours présents dans les superstitions retenues par cet homme. Il fait une véritable fixation là-dessus, pense Sophia. Il faudra vérifier si l'une des personnes est un artiste. Mais que veulent dire le hanneton et la pie ? L'insomnie ? »

Un bruit sec de freins distrait Sophia de sa concentration. C'est Chapi qui arrive avec la voiture de son frère. Sa conduite est un peu particulière et ne passe pas inaperçue. Il entre dans le café et vient s'asseoir près de son amie.

— Eh ! La question du transport est réglée.

Sophia lui fait un résumé de ses lectures.

— Y a rien de vraiment clair. De toute évidence, le mal est le lien commun. Mais c'est pas un indice qui nous permet d'avancer beaucoup dans nos recherches. Ça ne devrait pas être trop compliqué de vérifier si un des hommes est un artiste. Ce sera plus difficile de décoder le sens du hanneton, de l'insomnie et de la pie. Seule solution : nous devons rencontrer chacune de ces personnes pour y comprendre quelque chose.

— Est-ce que nos jeunes amis vont prendre quelque chose ? demande Jacob, qui arrive près de leur table.

— Zut ! dit Sophia. Tu me fais penser que je dois manger chez les Robichaud. Je ne pourrai pas être là ce soir, j'ai pas le temps.

Sophia se lève et va téléphoner à ses voisins.

— Moi, je suis toujours prêt pour manger quelque chose, dit Charles-Philippe en se pourléchant les babines.


Sophia tente de grignoter quelques morceaux de son poulet. Elle est pressée de faire un plan pour leurs déplacements. Chaque minute est importante.

— Voyons voir… Claude Pitre, 902, 6$^e$ Rue. Parfait.

— È oin ii ou e ions i aé en ier, dit Charles-Philippe la bouche pleine.

— Tu es dégoûtant. On ne parle pas la bouche pleine. Je n'ai rien compris !

— J'ai dit que c'est loin d'ici, nous devrions nous y rendre en dernier.

— Voici mon plan. Nous prenons la rue de la Place du Marché pour nous rendre sur l'avenue de la Chance où demeure le premier Nicolas Harvey. Ensuite, nous serons tout près du vieux quartier industriel et de l'avenue du Roudoudou où habite Samuel Imbeault.

En entendant Roudoudou, Charles-Philippe recommence à rire. Un réflexe.

— Ensuite, rue du Ressac, en passant par le boulevard de la Mer. Pour les autres, nous n'aurons pas le choix de traverser la ville par le chemin de la Traverse. On continuera avec Léo Allard dans la rue de l'Église. Le dernier est Claude Pitre dans la 6e Rue. Allez, termine ta pizza. On part, il est déjà dix-huit heures, ça presse. Tu n'as pas de permis de conduire, alors pas de folie. Ce n'est pas le moment de se faire arrêter. Tu dois suivre le code de la route à la lettre.

— Eh ! je ne suis pas un imbécile, Sophia.

— Alors, commence donc par allumer tes phares, lui dit-elle avec un sourire moqueur.

# Chapitre 8

# Un métier dangereux

Charles-Philippe et Sophia roulent lentement dans la rue de la Place du Marché.

— Eh! On devrait imaginer un moyen d'entrer en contact direct avec ces personnes. On ne peut pas frapper à la porte et dire: «Salut, vous allez peut-être vous faire tuer, mais on ne sait pas pourquoi ni par qui et on voudrait bien que vous nous aidiez à comprendre avant que cela arrive!»

— Idiot! On pourrait faire semblant de vendre un machin, du chocolat, des arachides ou des crayons, par exemple?

— On ne pourra pas savoir grand-chose sur leur vie. Il faut que nous puissions leur poser des questions.

Chacun réfléchit de son côté.

— Eh ! Je crois que j'ai une idée géniale. Mais nous devons d'abord faire quelques petits achats.

Charles-Philippe arrête brusquement la voiture devant un magasin qui vend des bricoles à un dollar. Ils y achètent des crayons, une planchette à pince, un bloc de papier et des porte-cartes en plastique dans lesquels ils insèrent leurs cartes d'étudiant. Trente minutes plus tard, ils attendent sur le perron du premier Nicolas Harvey, avenue de la Chance.

— Oui ?

Un homme d'une trentaine d'années apparaît dans l'embrasure de la porte, avec un sourire fendu jusqu'aux oreilles et un verre de vin rouge à la main. On entend de la musique latine, des rires, et une odeur de sauce italienne chatouille le nez. De toute évidence, il s'agit d'un souper très agréable entre amis. Il porte un vieux jeans et un chandail tellement délavé qu'il est impossible de lire ce qui est écrit dessus.

— Nous sommes désolés de vous déranger un vendredi soir. Nous sommes des élèves de la polyvalente Jean-Latour, dit-elle poliment en lui montrant leurs insignes en plastique. Nous faisons un sondage dans le cadre d'un cours de statistiques. Accepteriez-vous de répondre à quelques questions ? Ça prendra cinq minutes au maximum.

— Avec plaisir ! Entrez, ne restez pas dehors.

— Eh ! Ça sent très bon ici, déclare Charles-Philippe en prenant une bonne inspiration.

Sophia lui donne un coup de coude.

Vingt minutes plus tard, ils sortent de la maison. Cette première visite n'a pas donné grand-chose. Trente-quatre ans, marié, sans enfant, architecte, joue au tennis l'été, au hockey l'hiver, aime inviter des amis pour des soupers et adore voyager.

— Chapi, nous sommes restés trop longtemps. À ce rythme-là, on n'aura pas fini avant trois heures du matin. Tu n'étais pas obligé de goûter à ses raviolis sauce maison, non ?

— Eh ! Cela lui faisait vraiment plaisir. C'était très bon.

— Bon, soupire-t-elle. Continuons avec monsieur Imbeault, rue du Roudoudou. Tu reprends la rue de la Place du Marché, qui doit être à environ trois kilomètres, dans le vieux quartier industriel.

— Allons-y !

Ils se sont arrêtés devant une magnifique demeure qui a au moins cent ans. L'allée forme un cercle où peuvent circuler les voitures. Au centre du parterre, une fontaine, non activée pour le moment, trône parmi les pommiers. Les branches des gros arbres forment un toit végétal. Les propriétaires semblent absents. Seule une faible lumière éclaire le premier étage.

— Eh ! Ces gens-là ont sûrement plein d'argent. As-tu vu la maison ? Super !

Sophia prend une photo de la maison.

— Allons voir. Même si tout semble tranquille, on ne sait jamais. Il y a peut-être quelqu'un.

Ils sonnent à plusieurs reprises sans obtenir de réponse.

— Partons, Sophia, il n'y a personne. Ne perdons pas de temps. Nous reviendrons demain.

— Tu as raison.

Les deux amis ont donc poursuivi leur itinéraire comme prévu. Rue du Ressac, les réponses du second Nicolas Harvey n'ont rien donné. Rue Bretelle, pas un chat. Sophia et Charles-Philippe commencent à sentir les effets du découragement. Ils se rendent quand même rue de l'Église pour rencontrer Léo Allard.

Le 1875, de la rue de l'Église est un immeuble de quatre appartements. Allard demeure au numéro 3. Sophia et Charles-Philippe montent donc au troisième étage. Juste à côté de la porte, à la hauteur des yeux, une petite enseigne de cuivre porte l'indication suivante :

### Monsieur Léo Allard
*Artiste peintre*

— Chapi, je crois que nous avons enfin une piste. C'est un artiste.

— Allez, on sonne !

Sophia carillonne à plusieurs reprises sans obtenir de réponse. Elle s'acharne comme une damnée sur la sonnette. Son ami l'arrête doucement.

— Eh ! calme-toi, Sophia. On ne peut rien faire, il n'est pas là. Au moins, nous avons un indice de plus.

La jeune fille pousse un énorme soupir en s'appuyant contre le mur.

— Tu as raison. Je ne peux tout de même pas défoncer la porte. Il nous reste seulement une personne à visiter, Claude Pitre. On ne sait toujours pas s'il s'agit d'un homme ou d'une femme.

— Nous allons le savoir bientôt. Enfin, je l'espère. Allons-y. Il est déjà vingt heures trente. Je commence à en avoir ras le bol.

 73

La 6ᵉ Rue est à l'autre bout de la ville, dans un nouveau quartier reconnu pour sa tranquillité. Ils roulent en silence. Arrivé au numéro 902, Charles-Philippe se gare devant la maison qu'ils examinent un instant.

— Bizarre, on dirait que la porte est ouverte.

— Eh! c'est vrai!

Dans ce quartier, les maisons se ressemblent toutes. Seuls leur couleur et l'aménagement du parterre les différencient les unes des autres. Le bungalow de Claude Pitre est blanc et vert, avec une porte rouge. Côté rue, une boîte aux lettres sur pied, joliment décorée, indique le nom du propriétaire : *Claude Pitre, taxidermiste.*

— Chapi, c'est quoi un taxidermiste?

— Euh! je crois que c'est quelqu'un qui empaille des animaux.

Il se dirigent à petits pas vers l'entrée.

— Mais j'y pense, Chapi, une pie, c'est un oiseau. Claude Pitre empaille peut-être des oiseaux.

Chapi fait signe à Sophia de se taire. On peut apercevoir un petit filet de lumière qui traverse la galerie. Il provient de l'entrebâillement de la porte. Ils sont maintenant sur le perron.

— Chapi, j'ai peur. Horriblement peur. J'ai un mauvais pressentiment.

— Eh ! Restons calmes, Sophia. Je vais sonner.

Il sonne cinq fois sans obtenir de réponse. Il n'y a aucun bruit à l'intérieur de la maison.

— Bon, récapitulons, commence Charles-Philippe pour se donner du courage. Claude Pitre est taxidermiste, donc il empaille les animaux. Une pie est un oiseau, donc un animal. La porte est ouverte, mais personne ne répond. En résumé, c'est une situation délicate, inquiétante.

— Peut-être qu'il est là, mais qu'il ne veut pas répondre. Peut-être qu'il est parti quelques minutes en oubliant de fermer la porte. Ou qu'il est allé chez le voisin d'à côté. Non, encore mieux. Il écoute de la musique avec des écouteurs sur la tête. C'est ça, il est là et il n'entend pas la sonnette.

— Sophia…

— Non, je sais. Il a perdu sa clef, mais il a dû absolument faire une course au dépanneur du coin. Donc, il a laissé la porte ouverte parce que… parce que… parce qu'il attend quelqu'un et ne veut pas qu'il se heurte à une porte fermée.

— Sophia…

75

— Non, j'ai trouvé. Claude Pitre est un grand lunatique. Il est parti au cinéma et il a tout simplement oublié de fermer sa porte.

En disant cela, elle lance un rire nerveux, proche de la panique.

— Arrête, Sophia. On va aller jeter un petit coup d'œil à l'intérieur.

— Chapi, tu es dingue ou quoi ? C'est dangereux et je vais mourir de peur.

— Du calme ! Nous allons pénétrer dans la maison lentement. Très lentement. Je passe le premier. Si nous voyons quelque chose de suspect ou de dangereux, nous sortons appeler la police. Ça va ?

— OK.

Sophia se colle derrière son ami. Il peut sentir son souffle chaud dans son cou. Cela le distrait un peu. Lentement, il pose la main sur la porte qu'il commence à pousser avec précaution. Un craquement se fait entendre. Dans l'espèce de vestibule, un énorme hibou les accueille. Il est suspendu au plafond. Sophia trouve horrible d'accrocher des animaux empaillés. À leur gauche, trois oiseaux noirs sont perchés sur une fausse branche. Une faible lumière attire le regard des adolescents vers le salon, à droite. Il flotte une odeur bizarre dans la pièce.

On y voit des animaux partout. Des têtes d'orignaux, de castors, et même un chat qui trône sur le manteau de la cheminée. À part le zoo, c'est un salon comme les autres. Deux sofas, deux fauteuils avec des lampes pour lire et quelques tables sont dispersés dans la pièce. Dans la maison, c'est le silence le plus complet. Sophia tape du doigt sur l'épaule du garçon. Celui-ci la regarde. En tremblotant, elle montre le fauteuil énorme, placé devant le foyer éteint. Charles-Philippe aperçoit un bras qui dépasse, sur le côté. On ne peut pas voir qui y est assis. Il se racle la gorge pour faire du bruit.

— Y a quelqu'un ?

Pas de réponse.

— Chapi, fichons le camp d'ici au plus vite. Je crois que nous sommes très mal tombés !

— Est-ce que vous dormez ?

Malgré sa promesse, l'adolescent s'approche. Il se dit que si cette personne dort, elle finira bien par se réveiller. Il est maintenant très près du fauteuil. Il n'a plus qu'à se pencher pour voir qui est là. Il touche l'épaule du dormeur. Le corps bouge et glisse sur le côté. Chapi et Sophia laissent échapper un cri.

— Sophia, cherche le téléphone et appelle la police tout de suite. Ce type est mort, son corps est déjà froid. C'est incroyable, on lui a enfoncé un oiseau dans la bouche. Je jurerais que c'est une pie.

Le bruit sourd d'un corps qui tombe sur le plancher le fait se retourner brusquement. Sophia vient de tomber dans les pommes. Elle est allongée sur le plancher du salon. Près d'elle, son sac contenant son matériel photographique. Chapi court vers la jeune fille et prend sa tête dans ses mains.

— Sophia ! réveille-toi…

Agenouillé près de son amie, il regarde autour de lui et cherche désespérément un téléphone. Il ne voit que ces étranges animaux et cet homme, affaissé dans le fauteuil, mort.

# Chapitre 9

# Une nouvelle piste

Sophia ouvre les yeux.

— Où suis-je?

Charles-Philippe lui sourit. Il lui tient la main fermement.

— Nous sommes dans la maison voisine de celle de monsieur Pitre. La police est arrivée et veut absolument te parler. Tu te sens bien? demande-t-il, inquiet.

— Oui, ça va, à peu près.

Les derniers événements avant le grand trou noir lui reviennent à la mémoire.

— Mon Dieu, Chapi, est-ce que Claude Pitre était bien mort? Où est mon appareil?

— Eh! Il ne pouvait pas être plus mort que cela. Désolé. Ne t'inquiète pas, j'ai ramassé ton attirail.

— Mademoiselle Doré?

L'inspecteur Sanschagrin a l'air furieux. Sophia se redresse sur un coude. Elle est allongée sur un canapé. Une inconnue, certainement celle qui habite la maison, est assise tout près. Le salon est joliment décoré. Des pots en verre coloré ornent des meubles anciens. Elle aimerait se détendre sur le divan et relaxer dans cette ambiance chaleureuse, mais l'inspecteur la ramène brusquement à la réalité :

— Il semble que nous devions nous rencontrer très souvent ces jours-ci. Vous devez admettre que les circonstances de nos rendez-vous sont toujours douteuses, ne trouvez-vous pas ?

Il n'attend pas la réponse et poursuit sans la quitter des yeux :

— Je crois qu'une discussion très sérieuse s'impose, mademoiselle Doré. Avec votre ami, bien entendu. Je commence à croire certaines de vos allégations concernant les rats et autres petits détails. Cependant, nous devrons travailler tous les trois ensemble maintenant. Plus question de faire vos petites enquêtes personnelles, compris ? Je vous laisse vous remettre de vos émotions. Après, nous poursuivrons cette conversation au poste de police.

Il quitte la pièce sans laisser la chance à Sophia ou à Charles-Philippe de placer un seul mot. Le garçon n'a pas lâché la main de Sophia. Ils se regardent intensément.

— Eh! J'ai eu drôlement peur pour toi, chuchote Charles-Philippe, un peu gêné.

Sophia ne répond pas. Elle ne sait pas quoi dire. Elle ne parvient pas à démêler toutes les nouvelles émotions qui la submergent: ces morts, les catastrophes qui se succèdent, la peur qui ne la quitte pas, et ce regard que Chapi vient de lui lancer. Elle voudrait avoir un peu de temps pour se remettre de tous ces événements. Charles-Philippe comprend que son amie est bouleversée. Il est quand même un peu déçu de son silence, mais il désire avant tout s'occuper d'elle. Sophia en a besoin.

— Viens, allons au poste de police. Grosse fin de soirée en perspective!

Sophia, Charles-Philippe, l'inspecteur Sanschagrin et une policière sont assis autour de la table. Sophia a expliqué en long, en large et en travers tout ce qu'elle sait de cette histoire abracadabrante. Les policiers écoutent attentivement tous les détails.

— Nous avons essayé de nous renseigner sur les personnes dont les noms étaient attachés aux pattes des rats afin de faire un lien avec le dernier message du tueur. C'est comme ça que nous avons découvert le cadavre de monsieur Pitre. Plusieurs personnes étaient absentes, et à part le fait que monsieur Allard est un artiste, notre enquête n'a pas donné grand-chose. Voilà, vous savez tout.

— Presque tout, ajoute Charles-Philippe. Nous croyons que les rats représentent aussi une piste de recherche. La personne qui expédie ces animaux puants doit bien les attraper quelque part et il y a de fortes chances pour qu'ils proviennent des égouts. Sophia a pensé à quelque chose pour obtenir des informations.

— Lieutenant Longchamps, ordonne l'inspecteur-chef, je veux que l'on place sous surveillance policière les résidences de toutes les personnes inscrites sur cette liste. Immédiatement. Le tueur agit rapidement. Nous ne devons plus courir de risque.

La policière quitte la pièce. L'inspecteur se tourne vers les deux amis.

— Maintenant, parlez-moi de ces fameux rongeurs, mademoiselle Doré. Quelle est l'idée géniale qui nous permettrait de trouver des indices ?

— Je veux parler à Galoche.

— Galoche ? Qui est Galoche ?

— Galoche est un itinérant qui vit dans les égouts. Évidemment, c'est un sobriquet. Je ne connais pas son vrai nom. On l'appelle ainsi parce qu'il collectionne les chaussures. Comme il est très petit, à peine un mètre cinquante, elles sont toutes trop grandes pour lui. Il fait un drôle de bruit en marchant. Mais, le plus important, c'est qu'il sait absolument tout ce qui se passe dans les égouts. Si quelqu'un s'amuse à tuer des rats, je suis certaine qu'il est au courant.

— Je ne voudrais pas être indiscret, mademoiselle Doré, mais comment connaissez-vous ce monsieur Galoche ?

— Oh, il n'y a rien de secret. J'ai fait un reportage sur les itinérants qui vivent dans les égouts pour le journal de l'école, en janvier dernier.

Tout à coup, Sophia arrête de parler et de respirer. Son regard est fixé sur le mur. On voit qu'elle vient de penser à un fait très important, très effrayant.

— Eh ! Qu'est-ce qui se passe Sophia ?

— Je viens de comprendre un élément crucial. Comment n'y ai-je pas pensé plus tôt ? Je suis d'une stupidité incroyable.

— Pouvez-vous nous faire part de vos réflexions, mademoiselle, demande en soupirant l'inspecteur en chef.

— Le titre de mon reportage sur les égouts était « La descente aux enfers ». Mon article commençait par : « Ceux qui pensent que l'enfer est sur la terre se trompent. L'enfer est sous la terre, dans les égouts. » Je ne vois pas d'autre explication au fait que je suis impliquée dans cette histoire dont le fil conducteur est le mal. La personne qui est derrière tout ça connaît pas mal de choses sur moi. Elle veut me faire vivre *l'enfer sur la terre.*

— Mademoiselle Doré, soyez prudente dans vos déductions. Vous avez beaucoup d'imagination, alors ne faites pas trop de suppositions.

— Je dois absolument rencontrer Galoche. Lui seul peut m'aider, supplie Sophia. Je sais où le trouver. Je dois y aller.

— Nous allons vous accompagner.

— Non. Impossible. Galoche ne voudra pas me parler si je suis avec quelqu'un. En plus, il flaire la police à des kilomètres. Je dois m'y rendre seule. Pour mon reportage, j'ai dû l'apprivoiser pendant quinze jours. Il me fait confiance maintenant. C'est comme ça.

— Eh ! Moi, je t'accompagne.

84

— Non, Chapi. Même toi, tu ne peux pas venir. Je dois lui parler seule. Un point c'est tout.

— C'est extrêmement risqué, mademoiselle Doré. Je vous le permets à une seule condition. Vous porterez un émetteur qui nous permettra de savoir où vous êtes en tout temps. Nous installerons un micro pour entendre tout ce que vous direz.

— D'accord. Mais pas de tromperie, insiste Sophia le plus sérieusement du monde. Nous devons attendre demain. Galoche ne sort qu'une fois par jour, entre quatre et cinq heures trente du matin. C'est à ce moment-là que je l'ai rencontré la première fois.

Charles-Philippe est très déçu de ne pouvoir accompagner Sophia. D'un seul coup, il se sent seul, inquiet et rejeté. S'il fallait qu'il lui arrive quelque chose, il ne se le pardonnerait jamais.

# Chapitre 10

# Une visite
# dans les égouts

Épuisée par les deux jours qu'elle vient de vivre, le manque de sommeil et les repas sautés, Sophia cherche à s'endormir en regardant le plafond de sa chambre : une cellule de la prison. Elle pense au départ de Chapi, à ses yeux inquiets. Elle ne l'a pas vu souvent dans cet état. Jamais, en fait. Elle se promet de parler de tout cela avec lui lorsque cette saga sera définitivement terminée. Malgré la présence de policiers près de sa chambre, Sophia réussit à dormir quelques heures. Une pression sur sa main la tire de sa léthargie. Elle ouvre les yeux sur le visage de son ami.

— Chapi, c'est toi ? Mais qu'est-ce que tu fais là ? demande-t-elle en bâillant.

— Eh ! J'ai réussi à convaincre l'inspecteur de m'avoir avec eux pendant la mission. J'ai promis de ne déranger personne.

— Oh, Chapi, je suis vraiment heureuse que tu sois là. Cela me rassure. Je n'aime pas te voir triste et inquiet comme tout à l'heure.

Charles-Philippe serre Sophia dans ses bras pendant quelques minutes. Aucune parole n'est prononcée. Elle s'écarte doucement, avec peine, et le regarde dans les yeux. Quelqu'un arrive en trombe pour les prévenir que le moment est venu de partir. Le charme est rompu.

Après quelques explications à Sophia sur le fonctionnement des appareils, tout le monde est prêt. La jeune fille se rend donc dans la ruelle des Goélands où elle est certaine d'y croiser Galoche. On appelle cette ruelle ainsi parce que les nombreux restaurants du coin y déposent leurs sacs à ordures et que cela attire les oiseaux. Sophia s'installe dans un endroit stratégique et attend. Les policiers et Charles-Philippe sont dissimulés dans un camion, un coin de rue plus loin.

Vers cinq heures, Sophia entend le bruit de pas de Galoche. Elle respire un bon coup et s'approche des poubelles. Le clochard arrive par une petite ruelle perpendiculaire. La jeune fille le salue le plus doucement possible.

— Salut, Galoche !

— Hummm, Sophia. Je suis content. Tu ne viens pas souvent. C'est pas bien. C'est pas bien du tout.

À la fin de chacune de ses phrases, Galoche ajoute son commentaire sur ce qu'il trouve bien, mal, beau, laid, petit, gros. À sa façon, il donne son avis.

— C'est vrai. Je suis une ingrate de ne pas prendre des nouvelles de mes amis. Tu vas bien ?

— Hummm. Depuis quelque temps, les gens de la Ville viennent souvent pour voir ce qui se passe dans les égouts. Ils nous surveillent. J'ai pas d'autre endroit où dormir. Ils me dérangent. C'est pas bien. C'est pas bien du tout.

— Tu as raison, Galoche. Ces gens devraient te trouver un autre endroit pour vivre.

— Hummm. Un autre endroit pour dormir. Peut-être. Je sais pas. Ce serait peut-être bien. Ce serait peut-être pas bien.

Pendant qu'il parle à Sophia, Galoche fouille dans les poubelles à la recherche de restes. Il porte deux gros sacs à moitié remplis de ses trouvailles du matin. Comme les égouts sont humides, il est habillé d'un manteau et d'une tuque de laine. Des cadeaux de Sophia. Sous la crasse qui recouvre son visage, on peut voir les rides creusées par sa vie de misère. Ses mains sont sèches, sales, brisées par les années passées à remuer les déchets et gercées par le froid de l'hiver. Au fond de son camion, l'inspecteur s'impatiente :

— Qu'est-ce qu'elle attend pour lui poser les bonnes questions ?

— Eh ! Elle doit le mettre en confiance, sinon il ne voudra pas lui parler.

— Galoche, tu sais que je suis ton amie. Le sais-tu ?

— Hummm. Oui, je sais. C'est bien d'avoir une amie. C'est très bien.

— Galoche, j'ai besoin de toi. Je suis en danger. Quelqu'un veut me faire du mal. Tu comprends ce que je veux dire ?

Le pauvre ami devient tout de suite nerveux. Il veut éviter les problèmes. Il a déjà fort à faire pour ne pas mourir de faim ou de froid.

— Hummm. Je dois retourner en bas. Il est tard maintenant et les étrangers vont commencer à arriver. Ils ne veulent pas me voir. Ils n'aiment pas ça. Ils n'aiment pas ça du tout.

Pour Galoche, les étrangers sont ceux qui ne vivent pas dans les égouts. Les étrangers sont tous ceux qui ne vivent pas dans son monde.

— Emmène-moi avec toi, Galoche. Je dois te parler absolument.

Sans se retourner, Galoche se dirige vers sa cachette. Sophia lui emboîte le pas. Dans le camion de police, l'inspecteur est hors de lui.

— Mais qu'est-ce qu'elle fait ? Elle s'en va ? Elle s'en va avec lui ! Elle sait que nous ne pourrons plus la capter sous terre. Vite, il faut l'arrêter tout de suite. Je ne pourrai pas la protéger si je ne sais pas où elle est.

— Inspecteur, elle sait ce qu'elle fait. Elle est en sécurité avec Galoche. Il est chez lui sous terre. Ne vous inquiétez pas.

Sophia suit Galoche à une distance respectable. Si elle l'approche de trop près, il risque d'avoir peur et de s'enfuir. Il s'arrête près d'une grille, en plein milieu d'une ruelle. Avec aisance, il la soulève et s'engouffre dans la bouche d'égout. Sophia le suit et replace la grille. Fixé sur la paroi, un escalier permet de descendre avec facilité. Après quelques minutes de descente, Galoche et Sophia arrivent dans un tunnel à peine plus large que leurs corps. Galoche, beaucoup plus frêle que la jeune fille, avance rapidement. Oppressée par l'étroitesse du boyau, la jeune fille peine pendant cinq minutes à le suivre. Un calvaire. L'odeur est terrible. L'humidité pénètre ses vêtements et glace tout de suite sa peau. Elle a froid, elle a peur. Il fait noir. Le seul éclairage provient de quelques puits de lumière. Elle n'a pas le choix, il faut qu'elle continue. Au bout de ce tunnel interminable, ils débouchent dans une petite salle où d'autres boyaux partent de tous les côtés. Sophia entend un bruit derrière elle. Des rats, d'énormes rats, s'affairent tout près de ses pieds, aussi gros que ceux qu'elle a vus ces derniers jours. Mais eux, ils sont bien vivants. Elle n'a pas le temps de grimacer longtemps parce que son guide s'engage dans un des passages. Un liquide puant monte jusqu'à ses chevilles. Il y passe des tas de choses bizarres. Une lumière les guide un peu plus loin. Ils se trouvent maintenant dans une grande salle des vieux égouts de la ville.

Galoche est fatigué de porter ses deux sacs. Il s'assoit contre le mur et commence à farfouiller dedans. Il est effrayé par ce que Sophia lui a dit. Afin de ne pas lui faire peur davantage, Sophia se tient loin de lui et attend au moins quinze minutes avant de lui parler.

Pendant que les minutes s'égrènent, et pour se rassurer un peu, elle écoute le bruit de l'eau qui coule sans jamais s'arrêter. Elle observe le petit coin que Galoche s'est aménagé avec les rebuts qu'il amasse au fil des jours.

Sur le sol, il a posé des morceaux de carton qu'il a recouverts avec des échantillons de tapis multicolores. Deux couvertures grises, données par le groupe d'aide aux itinérants, sont bien pliées dans le coin gauche. Comme si Galoche avait fait son lit. Trois sacs de plastique bien bourrés sont alignés contre le mur. À droite, il a placé à l'envers, en guise de petite table, une vieille boîte en bois. Dessus, un bout de chandelle est bien collé par la cire fondue dans le fond d'une canette coupée. Une bouteille en verre et une tasse de métal constituent sa vaisselle de tous les jours, avec deux ustensiles tordus. Finalement, à côté de la petite table de chevet, une pile de vieux journaux et un sac de toile noir, lui aussi rempli à craquer.

Sophia se sent envahie par une tristesse profonde en découvrant ce petit monde précieux que Galoche a façonné au fil du temps. Elle se promet de faire quelque chose pour lui. Mais, pour le moment, elle doit lui poser des questions.

— Il se passe des choses bizarres dans les égouts, hein, Galoche ?

Il mange un bout de sandwich qu'il a trouvé dans les poubelles. Le pain est sale et il est difficile de deviner ce qu'il contient.

— Hummm. Il y a un nouveau. Mais il ne suit pas les règles ici. C'est pas bien. C'est pas bien du tout.

— Quelles règles, Galoche ?

— Il parle avec les étrangers. Un étranger est venu ici, une fois. Il a parlé avec lui. C'est pas bon pour le nouveau. C'est pas bon du tout.

— Tu sais ce que voulait cet étranger ?

— Hummmm. Des rats. Il voulait des rats. Des gros. Faut pas toucher aux rats. C'est une règle. Le nouveau ne respecte pas les règles. Il a tué des rats. C'est dangereux. C'est très dangereux.

En entendant cela, Sophia fait tout ce qu'elle peut pour garder son calme. Elle sent que Galoche est de plus en plus nerveux, et il ne faut pas le brusquer si elle veut plus d'informations.

— Et ce nouveau, il sort parfois des égouts ?

— Hummmm. Il respecte pas les règles. Il sort l'après-midi. Les étrangers n'aiment pas ça. Ils n'aiment pas ça du tout.

Le clochard s'attaque à un trognon de pomme. Il ne regarde jamais Sophia dans les yeux. Il parle en fixant le plafond. Comme s'il s'adressait au ciel chaque fois qu'il parle.

— Tu crois que je pourrais le reconnaître, ce nouveau ?

— Hummmm. L'étranger l'appelle Satan. Je le sais parce que je les ai entendus parler. J'étais caché dans un coin. Ils m'ont pas vu. C'était mieux ainsi. C'était beaucoup mieux ainsi.

— Et pourquoi cet étranger l'appelle Satan ?

Elle avale sa salive avec difficulté.

— Hummmm. C'est parce qu'il est couvert de tatouages et de signes bizarres. C'est pas beau. C'est pas beau du tout.

Assise sur le sol froid, ses bras entourant avec force ses jambes repliées contre son corps, Sophia est envahie par une peur extrême. Elle sait maintenant ce que veut dire « avoir peur ». Elle est incapable de bouger. Elle frissonne. Son cœur bat à tout rompre et elle a un goût amer dans la bouche. Elle n'a plus conscience de ce qui se passe autour d'elle. Elle ne sait pas combien de temps elle est demeurée ainsi, dans cette position. Lorsque Galoche lui touche le bras, elle lève la tête vers lui.

— Hummm. Je vais te reconduire à l'extérieur. C'est mieux. C'est beaucoup mieux.

Sophia se lève avec difficulté et suit Galoche comme un zombie à travers les tunnels de cet enfer souterrain. Avant de laisser partir Sophia, Galoche lui lance une dernière phrase :

— Hummm. Depuis qu'il a donné les rats à l'étranger, on l'a plus jamais revu, Satan. C'est pas un bon signe. C'est pas un bon signe du tout.

# Chapitre 11

# Un moment de répit

L'inspecteur Sanschagrin tourne en rond dans le camion. Il est sur le point d'exploser.

— Mais qu'est-ce qu'elle fabrique? Ça fait plus d'une heure qu'elle est entrée dans ces foutus égouts!

Charles-Philippe serre ses deux mains avec nervosité. Il fait craquer ses doigts un après l'autre. Il est inquiet. Ce silence n'est pas normal.

— Pouvez-vous arrêter de faire craquer vos os comme ça?

Soudain, la voix de Sophia retentit dans le micro.

— Je donnerais n'importe quoi pour prendre une bonne douche chaude, moi!

— Eh! C'est elle, c'est elle, lance Charles-Philippe en sortant du camion comme un possédé, suivi de l'équipe de policiers.

— Vous n'avez pas suivi les consignes, hurle l'inspecteur dès qu'il aperçoit la jeune fille.

— Peut-être, mais j'ai réussi à obtenir des informations. Je ne les aurais jamais eues si je n'étais pas descendue avec lui.

— Tout le monde au poste, tonne l'inspecteur.

Pour la troisième fois, Sophia et son ami se retrouvent dans les bureaux de la police. Ça devient une véritable habitude. Après avoir divulgué toute l'information qu'elle possède, Sophia souhaite plus que tout aller se laver.

— De la façon dont parlait Galoche, j'ai bien l'impression que le fameux Satan n'est plus de ce monde.

Sanschagrin crie à son adjointe :

— Lieutenant Longchamps, vérifiez à la morgue si quelqu'un correspond à la description de Satan.

Il s'explique ensuite aux deux amis qui cherchent à comprendre.

— Nous avons parfois des morts suspectes et des corps ne sont pas réclamés.

Sophia attend qu'il termine son discours pour pouvoir s'en aller. Elle est au bout de ses énergies.

— Bon. Mademoiselle Doré, je sais que vous êtes épuisée, mais nous devons revoir rapidement toutes vos activités. Cette personne vous connaît, elle gravite quelque part dans votre vie. Nous avons sûrement laissé échapper un détail important.

Sophia prend quelques minutes pour réfléchir parce que son cerveau fonctionne au ralenti. Elle lui répète tout, encore une fois : l'école, le centre sportif et ses sorties matinales. L'inspecteur note rapidement dans son calepin.

— Bon, nous allons reprendre tout cela. En attendant, vous allez vous reposer chez vous. La maison est surveillée, il n'y a pas de danger. Mais je vous préviens, pas d'entourloupette. Je veux connaître toutes vos allées et venues. Si vous pensez à quelque chose de nouveau, vous me prévenez tout de suite.

Il la regarde dans les yeux.

— Vous m'avez bien compris, mademoiselle. Ne prenez pas d'initiative personnelle. Cet individu est très dangereux. Il ne plaisante pas du tout. Et moi non plus, je ne rigole pas.

— Ne vous inquiétez pas, inspecteur, je suis morte de trouille. Je veux seulement rentrer à la maison, avec Chapi, c'est tout.

— Alors, allez-y ! Un policier va vous raccompagner tous les deux.

Sitôt arrivée, Sophia saute dans la douche. Elle reste sous le jet brûlant pendant quinze minutes et se savonne comme si elle voulait s'arracher la peau. Elle est terrifiée. De plus, ce qu'elle a vu dans les égouts la rend triste. Elle est choquée que des êtres humains vivent dans de telles conditions. Elle voudrait aider Galoche, mais ne sait pas quoi faire. Elle ressent aussi quelque chose qu'elle a oublié depuis trois jours : la faim. Elle enfile un jeans et va rejoindre Charles-Philippe qui l'attend dans la cuisine.

— Chapi, je suis prête à parier tout ce que je possède que tu as un petit creux.

— Eh ! C'est pas un gros risque de miser là-dessus, j'ai toujours faim.

— Je t'offre des mets chinois pour te remercier de rester avec moi. Tu sais, ça me fait du bien quand tu es là, ajoute-t-elle en feuilletant dans le bottin pour trouver le numéro d'un restaurant qui fait la livraison.

Une heure plus tard, ils sont assis dans le salon et dévorent les plats avec appétit. La télévision est allumée. Dehors, des policiers sont en faction dans leur voiture devant la maison.

Le carillon de la porte d'entrée sonne plusieurs fois. Sophia se lève et court ouvrir. Elle aperçoit monsieur et madame Robichaud en compagnie d'un policier. Elle comprend alors qu'elle a été d'une négligence incroyable envers eux. De toute évidence, ils sont morts d'inquiétude. La vieille dame tient le bras de son mari, comme si sa vie en dépendait.

— Sophia, on s'excuse de te déranger, commence madame Robichaud. Même si tu nous as prévenus de ton absence hier soir, nous nous sommes un peu inquiétés de ne pas te voir coucher à la maison. Tu n'étais même pas là ce matin. Mais, enfin, il t'arrive souvent d'oublier d'avertir. Avec tous ces policiers devant la maison… nous commencions à nous poser des questions. Mon Dieu…

Elle presse sa main sur sa bouche, incapable d'en dire davantage, la voix coupée par les sanglots. Sophia se sent horriblement coupable envers ce couple si gentil. C'est impardonnable de sa part !

— Sophia, nous aimerions savoir ce qui se passe, poursuit monsieur Robichaud avec plus de fermeté. Ta mère nous as demandé de veiller sur toi pendant son absence. Nous nous sentons un peu responsables.

— Je m'excuse, vous avez raison. Entrez, je vais vous expliquer.

À la demande de Sophia, Chapi prépare un peu de café. La jeune fille fait asseoir ses voisins sur le canapé et leur explique la situation. Elle prend soin de taire les détails qui pourraient les effrayer. Malgré tout, ils sont horrifiés de ce qu'ils entendent. Madame Robichaud lui prend les deux mains.

— Pauvre petite, coucher au poste de police. Pourquoi n'as-tu pas téléphoné ? Nous aurions pu faire quelque chose. Ta mère n'est pas là.

— As-tu besoin de nous ? demande son mari.

— Vous êtes très gentils. Ne vous inquiétez pas, la maison est surveillée par la police et Chapi reste avec moi. Je suis en sécurité.

Après quelques minutes de discussion, le vieux couple s'en retourne à contrecœur. Sophia a promis de les tenir au courant du déroulement de toute cette affaire.

Peu de temps après leur départ, Sophia tombe dans un profond sommeil sur le sofa. Bien allongée, sa tête repose sur les genoux du garçon qui la regarde tendrement. Comme un véritable ange gardien, il reste près d'elle pour protéger son sommeil.

Sophia se sent beaucoup mieux maintenant qu'elle a mangé et dormi. Son ami a fini par s'assoupir près d'elle. Elle regarde l'horloge : seize heures. Sa mère arrive demain matin. Elle brûle d'impatience de lui raconter sa fin de semaine. Hanny aura du mal à croire tout ce qui lui est arrivé. Elle fixe son compagnon. Il est drôlement mignon quand il dort ainsi. Elle prend une photo. Puis elle s'approche et lui effleure doucement les cheveux pour le réveiller. Il s'étire comme un lion.

— Eh ! Sophia, comment te sens-tu ?

— Bien. Ce sommeil a été le plus réparateur de ma vie.

Le téléphone brise ce moment magique.

— Allô ?

— …

— C'est pas vrai ?! C'est pas vrai ?! Encore toi ! Après tout ce que je t'ai balancé à la bibliothèque. Qu'est-ce que je dois dire pour que tu comprennes, Laurent Dion ? Tu ne m'intéresses pas et, même si tu m'offres toutes les bagues et les bijoux du monde entier, je ne changerai pas d'idée !

Charles-Philippe regarde son amie. Elle a le doigt en l'air et parle au mur, comme si Laurent Dion était en face d'elle. Il est plutôt content de ne pas être à la place de celui-ci.

— Ne t'énerve pas, Sophia. Je veux seulement savoir si tu as reçu mon cadeau. Je me demandais si ma bague te plaisait, c'est tout. Elle te plaît ?

— Oui, je l'ai reçue. Elle a fait un vol plané directement dans la poubelle.

— Quoi ? Tu as jeté mon cadeau ? J'ai payé cette bague quarante dollars avec mes économies de tout un mois. Tu es folle ou quoi ? Tu devrais faire plus attention à moi, Sophia. Je prends soin de toi, moi. Toutes les filles voudraient avoir un cadeau comme ça !

— Parfait, mais c'est parfait, alors ! Qu'est-ce que tu attends pour le donner à une autre fille ? Moi, je ne veux rien savoir de ta petite personne. Si tu veux venir récupérer ta boîte, elle est dans le fond de la poubelle. Tu devrais t'y sentir comme un poisson dans l'eau !

Elle raccroche le téléphone avec fracas. Elle est en furie.

— Il m'emmerde, celui-là, c'est pas possible. Qu'est-ce qu'on peut faire avec quelqu'un comme lui ? Il ne veut pas débarrasser le plancher. Je suis vraiment à bout de nerfs.

Ce gars, il me harcèle. Il me fait des menaces à peine voilées : « Tu devrais faire plus attention à moi ! » Pour qui il se prend cette espèce de…

— Eh ! Calme-toi un peu, Sophia !

Le téléphone sonne de nouveau.

— Si c'est encore lui, je porte plainte. C'est pas une visite de plus au poste de police qui va changer ma vie.

Sophia décroche brusquement en criant dans le téléphone :

— Quoi, encore ?

— Vous êtes en colère ou c'est votre façon habituelle de répondre au téléphone ? plaisante l'inspecteur Sanschagrin.

— Excusez-moi. Un petit problème avec un garçon.

— Un problème avec un garçon ? Quel garçon ?

— Rien à voir avec notre affaire. Alors, vous avez du nouveau ?

— Non. Tout le monde est sous surveillance. Nous continuons d'explorer quelques pistes, mais nous n'avons encore rien découvert de prometteur. Et vous, de votre côté ?

— Rien. J'ai mangé et dormi. C'est tout !

— Parfait ! Continuez ainsi et pas de projets farfelus. Je vous rappelle bientôt.

105

Sophia écarte les rideaux. La voiture de police est toujours garée devant la maison. Maintenant qu'elle est reposée, sa nature refait surface. Elle n'aime pas beaucoup cette sensation d'être prise au piège. Elle voudrait sortir, bouger, aider, mais elle doit d'abord avoir la permission de l'inspecteur.

— On pourrait être plus utiles. Ici, on ne peut rien faire d'autre qu'attendre. Si la police ne réussit pas à trouver ce type, est-ce que je vais avoir des gardes du corps pendant des semaines ? Je ne supporterai pas cette situation bien longtemps.

Les photos et les diverses notes de Sophia traînent sur le tapis du salon. Charles-Philippe fixe toute cette paperasse et réfléchit tout haut :

— Eh ! Si ce dingue aime les devinettes, il y a peut-être un sens caché dans le choix de ses victimes. Pourquoi une personne plutôt qu'une autre ?

— Qu'est-ce que tu veux dire ? Je ne comprends pas !

— Des fleuristes, par exemple. Il y en a plusieurs dans cette ville. Pourquoi avoir pris Pierre Orlando plutôt qu'un autre ?

— Il choisit peut-être ses victimes n'importe comment.

— Il n'a pas l'air de quelqu'un qui fait les choses au hasard, tu ne crois pas ? Je suis certain qu'il y a un truc important que nous ne comprenons pas.

Sophia vient s'asseoir près de son ami sur le sofa. Très près de lui, elle regarde tous ces papiers pour la millième fois. Elle l'entend respirer doucement. Ils ne prononcent pas une parole. Cette proximité les dérange, tous les deux. Ils sont seuls, la nuit est tombée et la maison est silencieuse. La jeune fille tourne la tête et regarde son compagnon qui contemple les photos sans plus. Il sent bien le regard de Sophia sur lui et se demande ce qu'il doit faire. Il n'a pas beaucoup d'expérience avec les filles.

— Sophia, chère Sophia, murmure-t-il. SOPHIA, crie-t-il tout à coup. C'est ça, Sophia. S-O-P-H-I-A.

Elle est tirée brutalement de sa langueur romantique.

— Qu'est-ce que tu as à répéter mon nom ? Et pourquoi l'épelles-tu ainsi ?

— Nous aurions dû y penser plus tôt. Il est loin de faire les choses à l'aveuglette.

Charles-Philippe écrit les noms des personnes dans un ordre différent et montre sa nouvelle liste à son amie qui comprend tout de suite ce qu'il veut dire.

— Si on prend la première lettre de chaque nom de famille, on peut former ton prénom : Salesse, Orlando, Pitre, Harvey, Imbeault et Allard.

— Ça alors ! Ce n'est pas pour me rassurer. C'est un vrai maniaque. Mais pourquoi je n'arrive pas à deviner qui est cet homme ?

— Eh ! Peut-être que tu ne l'as jamais vraiment rencontré ou remarqué, mais une chose est sûre, lui, il te connaît et tu es dans sa mire.

— Chapi, regarde ! L'ordre des noms correspond à celui des meurtres : Salesse, Orlando et Pitre. Logiquement, le prochain devrait être Nicolas Harvey.

— Ce malade joue avec les lettres de ton nom. Non seulement on peut former le mot Sophia, mais l'initiale du nom est identique à celle de la superstition qui y est associée. Salesse pour singe, Orlando pour œillet, Pitre pour pie…

— … Harvey pour hanneton, insomnie pour Imbeault et artiste pour Allard. Je n'en reviens pas. Il a fait un travail de moine pour combiner les personnes et les superstitions qui leur correspondent.

— Eh ! ce type est minutieux, c'est certain ! Sophia, il faut informer rapidement l'inspecteur Sanschagrin. Je me demande ce qu'il va dire de tout cela.

Sophia, un peu assommée par cette découverte, se lève pour téléphoner à l'inspecteur. Elle compose rapidement le numéro qu'elle connaît maintenant par cœur. Le policier et son adjointe sont absents. Elle laisse ses coordonnées, raccroche le combiné et retourne s'asseoir.

— Chapi, il faut que je bouge sinon je vais devenir complètement marteau.

Elle prend la photo de l'homme en kaki et la regarde, se demandant qui peut bien avoir des raisons de bouleverser sa vie ainsi. Elle se rappelle soudain que, dès le premier jour, elle voulait agrandir cette photo pour vérifier ce qui est épinglé sur le manteau. Elle avait complètement oublié ce détail. Normal, avec tous les événements qui se sont succédé. Comme elle ne peut pas rester en place, autant le faire tout de suite. Elle se dirige vers son petit labo.

— Je vais faire un agrandissement de cette épreuve, on ne sait jamais. Tu viens ?

— Si ça ne te dérange pas, je vais me faire un petit goûter. Je commence à avoir un trou dans l'estomac.

— J'en ai pour une heure.

Sophia pénètre dans son labo. Elle adore l'odeur qui se dégage des bacs d'acide. Elle place son négatif dans l'agrandisseur. Elle est nerveuse. Depuis le début, il y a un truc qui la dérange. Elle a l'impression qu'elle va enfin découvrir de quoi il s'agit. Elle attend que l'image de l'homme apparaisse sur le papier photo. Dans cette pièce exiguë, elle n'entend rien et ne voit presque rien. Il n'y a que la faible lumière rouge et les photos qu'elle tente de faire parler. Dans le plateau d'acide qui révèle la photo, l'image apparaît, lentement. Elle a agrandi la partie supérieure. Le visage de l'homme se forme, mais reste flou, puisqu'il riait, la tête rejetée en arrière. Elle a l'impression de l'entendre encore. Le contour d'une épinglette apparaît sur le manteau. Elle connaît ce bijou. C'était ça qui la dérangeait depuis le début. Sa respiration est difficile. Elle voudrait appeler Chapi, mais n'y arrive pas. Il s'agit d'une broche unique que sa mère a fait fabriquer pour elle, afin qu'elle n'oublie jamais son père. Elle représente un oiseau, symbole de la liberté, dont les ailes et le corps forment les lettres S et D. S comme Sophia et Salomon, son père. D comme Doré.

Elle attend sans bouger que le cliché sèche. Ensuite, elle va rejoindre Chapi, s'assoit en face de lui sans prononcer un mot. L'adolescent ne sait pas quoi dire. Il ne se sent pas à l'aise du tout. Sophia fixe le mur, le visage décomposé. Il n'ose pas terminer son sandwich. Ni même bouger.

— Eh ! dis quelque chose, Sophia. Qu'est-ce que tu as découvert qui te met dans un état pareil ?

Sophia ne répond pas. Elle est en transe. Charles-Philippe s'approche et toussote pour ne pas la brusquer. Elle finit par le regarder.

— Ce fou porte une broche qui m'est très précieuse. Je ne l'ai mise qu'une seule fois. Je sais exactement quand et où je l'ai perdue. On va mettre la main sur ce malade. Il est cuit. Chapi, il faut absolument imaginer un moyen pour sortir d'ici en douce. Rapidement.

— Eh ! Impossible ! La maison est surveillée.

— Voyons, Chapi, tu me connais mieux que ça. J'adore les défis !

# Chapitre 12

# Un nouvel indice

Sophia sort et se rend jusqu'à la voiture de police.

— Bonjour. Je viens vous prévenir que nous avons commandé une pizza. Mon ami Chapi retournera chez lui après notre repas.

— Vous êtes certaine que vous désirez dormir seule à la maison ? demande le policier.

— Je ne suis pas seule, vous êtes là, répond-elle avec un petit sourire.

— C'est comme vous voulez. J'informe le patron tout de suite.

— Merci beaucoup.

Elle repart vers la maison, ferme la porte derrière elle et regarde son ami, l'air décidé.

— À nous de jouer maintenant !

Charles-Philippe a réussi à convaincre son ami David de se faire passer pour un livreur de pizza. Il arrive trente minutes plus tard, avec une vraie pizza toute garnie. Dès que son ami met le pied dans la maison, Charles-Philippe lui emprunte ses vêtements, s'habille à toute vitesse et sort, métamorphosé en livreur. Il éprouve quelques regrets pour la pizza toute chaude. Sophia passe une heure avec David, puis s'habille avec les vêtements de Charles-Philippe. Elle prend soin de mettre des lunettes et de cacher ses cheveux sous une casquette. Les policiers ne se méfient pas. Comme prévu, elle rejoint son ami au café *Le Foutoir*.

Charles-Philippe est installé à une table et grignote des tacos. Sophia se laisse tomber sur une chaise en face de lui.

— Je suis épuisée. Que d'émotions ! J'ai hâte de reprendre ma petite vie tranquille. J'espère que ton copain ne va pas tout faire rater. Il a l'air dans la lune. En tout cas, je suis certaine que David prend la vie du bon côté.

— Eh ! Mon copain est très décontracté, c'est tout.

— De toute façon, on n'avait pas telle-ment le choix.

— Sophia, comme je suis contente de te voir.

Marie s'approche de leur table. C'est la femme de Jacob. Sa voix est chaude et très

114

joyeuse. On reconnaît ses racines espagnoles seulement en la regardant. Elle a de beaux cheveux noirs et de très grands yeux.

— J'étais inquiète pour toi, après ce que m'a raconté Jacob.

— Justement, Marie, j'aimerais bien voir Jacob. Je dois absolument lui parler, c'est très important. Il n'est pas là ?

— Il est parti pour quelques minutes seulement. Tu veux prendre quelque chose en attendant ?

— D'accord. Un grand jus d'orange, s'il te plaît.

— Je t'apporte ça tout de suite.

Quelques minutes plus tard, alors que Sophia sirote son jus et que Charles-Philippe termine un morceau de gâteau du chef, Jacob se joint à eux.

— Alors, Sophia, tu voulais me voir.

Jacob est inquiet, sa voix ne ment pas. La jeune fille va droit au but.

— Jacob, tu te rappelles il y a environ deux mois, quand j'ai exposé mes photos dans ton café ?

— Bien entendu. L'exposition a été un succès.

— Pour mon vernissage, Marie et toi aviez organisé une soirée. Tu avais invité quelques

115

amis, des journalistes et des membres de ma famille. Tu te souviens ?

— Mais, bien sûr, Sophia. Où veux-tu en venir avec toutes ces questions ? On dirait que tu fais une enquête pour la police, ajoute-t-il en riant.

— Eh ! elle est bonne, celle-là !

— Je veux savoir si tu as une liste des personnes invitées ou présentes à ce vernissage.

Jacob réfléchit. Ce n'est pas du tout son style de prendre des notes, de conserver des papiers et, encore moins, de les classer. Ce n'est pas sans raison que son café s'appelle *Le Foutoir*.

— Je ne crois pas, ma belle. Le café était ouvert à tout le monde, ce soir-là. Il y avait même des gens que je ne connaissais pas. Nous laissons toujours le livre de signatures à la porte, mais ce n'est pas tout le monde qui écrit dedans. Écoute, je veux bien t'aider, mais tu dois me raconter ce qui se passe. C'est évident que tu as des problèmes et qu'ils sont graves. Alors, vide ton sac. Vas-y.

Sophia n'a plus tellement le choix. Elle lui raconte de long en large son histoire, qu'il écoute attentivement.

— Ce soir-là, je portais ma broche pour la première fois et je l'ai perdue. Il y a de fortes

chances que ce soit dans ton café. Si cet homme
l'a trouvée, c'est parce qu'il était ici. Tu as dû
le voir. Tu lui as peut-être parlé.

— Je suis resté derrière le bar presque
toute la soirée.

— Mais j'y pense, continue Sophia, il est
venu ici jeudi. Lorsque nous sommes revenus
de notre course folle chez le fleuriste Pierre
Orlando, il s'est fait passer pour mon ami et
tu lui as donné nos affaires. Le type au long
manteau ?

— Bien sûr que je me souviens. Je savais
que j'avais déjà vu cet homme quelque part.
Et je crois que c'est précisément à cette soirée.
Mais je ne lui ai pas parlé. Marie ? Peux-tu
venir, s'il te plaît ? Elle a une mémoire d'élé-
phant. Comme elle se fait un devoir de parler
à tous ceux qui viennent ici, je crois que tu
as plus de chances avec elle.

Même si la photo de l'inconnu est floue,
Sophia la montre à Marie. Jacob lui rappelle
qu'il est passé au café il y a deux jours.

— Bien entendu, je sais de qui vous voulez
parler. J'ai échangé quelques mots avec lui
pendant ton vernissage.

Sophia devient très attentive. Elle a enfin
le sentiment de s'approcher de cet homme
d'un peu plus près.

— Un type bizarre, en fait. Il a gardé son manteau toute la soirée, boutonné jusqu'au cou avec ça. Il est resté dans son coin et ne s'est mêlé à personne. C'est peut-être pour cette raison que tu ne l'as pas remarqué. Il m'a bien fait rire, d'ailleurs.

— Rire ?

— Écoutez cela. Je lui offre un verre de vin. Tu sais, ce petit vin que nous avons acheté pour l'occasion. Un délice ! Enfin ! Il me dit non merci et commence à me raconter une histoire de sociétés secrètes chinoises qui mêlent le vin au sang pour vivre plus longtemps, ou un truc du genre. Étrange, non ?

Elle regarde les deux jeunes gens qui boivent ses paroles. Elle profite de toute cette attention pour allonger un peu son histoire.

— Alors, moi, je lui demande s'il désire autre chose ? Savez-vous ce qu'il me demande ? Un lait frappé aux fraises ! Évidemment, je lui réponds que je n'ai pas de lait frappé aux fraises. *Le Foutoir* n'est pas un bar laitier. Vous êtes surpris ? Eh bien, savez-vous ce qu'il a fini par me dire ?

— Non, répond faiblement Sophia.

Elle se penche sur la table, tout près d'eux, chuchote comme si elle s'apprêtait à leur révéler un secret d'État :

— Il m'a dit que le diable et les esprits du mal portent une affection particulière aux fraises. Il a même ajouté : « Vous devriez servir du lait frappé aux fraises. » Je me suis dit : « Celui-là, il ne se sent pas bien, c'est certain. » Ensuite, j'ai filé pour m'occuper de mes autres invités et je crois qu'il est parti peu de temps après. Voilà !

Silence complet. Elle regarde ses interlocuteurs l'un après l'autre.

— Eh bien, vous êtes tranquilles. Moi qui voulais vous faire rire. On dirait que je viens de vous raconter une histoire d'horreur. Avez-vous d'autres questions ?

— Non, on voudrait seulement savoir si tu as remarqué un détail particulier. N'importe quoi qui nous donnerait un indice de plus.

Marie réfléchit, le nez en l'air.

— Non, je ne crois pas. Je me rappelle seulement qu'il dégageait une odeur spéciale.

— Eh ! Il sentait les égouts ?

Marie commence par rire comme si Charles-Philippe avait fait une bonne blague. Elle se tape sur les cuisses en les regardant l'un après l'autre. Comme personne ne semble trouver ça drôle, elle poursuit :

— Mais non, voyons, les égouts ! Qu'est-ce que tu vas chercher là ? Franchement, est-ce qu'il y a des gens qui sentent les égouts ? Non, il sentait un peu comme le pain ou les pâtisseries. Comme s'il passait ses journées dans une boulangerie. Vous comprenez ?

— Non, répond Sophia. Je veux dire oui. Oui et non. Enfin, oui, je comprends, mais je ne sais pas ce que cela veut dire.

— Excusez-moi, dit Marie, il y a un client qui m'appelle.

Après son départ, Jacob et les deux jeunes se regardent, perplexes. Ils sont complètement dans le brouillard.

— Qu'est-ce qu'on peut faire avec ça ? Il sent le pain… Cet homme ne fonctionne qu'à partir des superstitions. Il faut que nous allions vérifier à la bibliothèque.

— Eh ! La bibliothèque est fermée.

Jacob se lève pour aider Marie. Il regarde Sophia dans les yeux.

— Promets-moi de faire bien attention. Tu es parfois impulsive et très entêtée. Mais cette fois-ci, il s'agit d'un meurtrier. Ce n'est pas un fait anodin. Sois prudente.

— Oui, Jacob, c'est promis. Merci beaucoup pour ton aide.

— La bibliothèque est peut-être fermée, mais c'est pas ça qui va m'arrêter. Pas maintenant, alors que nous sommes si près du but. On rénove la bibliothèque. Je suis certaine que nous pourrons nous faufiler quelque part.

— Eh! Si on se fait prendre, on va avoir des ennuis. On n'a pas le droit de faire ça. Je n'ose même pas penser à ce que mon père dirait.

— Chapi, c'est un cas de force majeure. On décolle!

Pendant ce temps, dans la maison de Sophia, David s'est écrasé sur le divan, devant le téléviseur. Il s'empiffre de pop-corn, de cola, de bonbons et de tout ce qu'il est possible de trouver dans le garde-manger de la cuisine. La sonnerie du téléphone le distrait de son gueuleton.

— Ouais, marmonne David en tenant le combiné.

Avant de partir, Sophia lui a fait jurer de ne pas répondre au téléphone. Évidemment, il a oublié.

— Ici l'inspecteur Sanschagrin. Je voudrais parler à Sophia.

— Euh, ben… elle est pas là.

— Comment, elle est pas là? Elle n'a pas le droit de sortir. Qui êtes-vous? aboie l'inspecteur.

— Ben… je veux dire qu'elle est là, mais elle ne peut pas vous parler, genre. Elle prend son bain.

— Ah bon ! Et Charles-Philippe, il est là, lui ?

— Ouais. Mais il peut pas parler… euh… il dort. Ouais. Genre, c'est mieux de pas le déranger.

— Comme ça, il dort ? Je croyais que Sophia était seule, genre. En tout cas, c'est ce que m'ont dit les policiers qui surveillent la maison. Qu'en pensez-vous, monsieur ? Monsieur qui, déjà ?

— Euh, Chamberland… David Chamberland.

— Eh bien, monsieur Chamberland, Sophia finira bien par sortir de son bain. J'arrive tout de suite.

David garde le combiné collé à l'oreille jusqu'à ce qu'il réalise qu'il est seul en ligne. Il n'y a plus personne à l'autre bout du fil.

« Là, je crois que j'ai fait une gaffe. »

L'inspecteur se pointe quelques minutes plus tard. Il est furax. David le regarde tourner dans le salon comme une bête enragée. Il lui tend un plat.

— Euh… voulez-vous un peu de pop-corn ?

122

— Savez-vous que vos deux amis sont en danger? Savez-vous qu'en les aidant à partir vous avez peut-être signé leur arrêt de mort? Le savez-vous?

— Ben non, répond David. Ils ne m'ont rien dit à moi. Genre, que je croyais que c'était pour faire une farce ou quelque chose du genre.

— Savez-vous où ils se cachent?

Avant que David ouvre la bouche pour répondre, quelqu'un frappe à la porte. Le policier qui surveille la maison est sur le perron et tient fermement un jeune garçon, blanc comme un drap. On voit tout de suite qu'il est en plein désarroi.

— Inspecteur Sanschagrin, nous avons arrêté ce jeune homme qui fouinait dans les poubelles de la maison. Il a une lampe de poche et, d'après moi, il cherche un objet bien précis.

— Je ne fais rien de mal. Je veux seulement récupérer un bijou que Sophia a jeté à la poubelle. Depuis quand on arrête quelqu'un qui fouille dans les poubelles?

— Est-ce que c'est un passe-temps pour vous que d'explorer les poubelles? rétorque l'inspecteur. Cette maison est sous surveillance policière.

— Sous surveillance policière ? répond l'autre dans un souffle.

Il est en sueur et ne comprend rien à ce qui se passe.

— Pourquoi ?

— Bon. Je n'ai pas le temps de m'occuper des chats de gouttière. Avez-vous un nom ?

— Oui… Laurent Dion.

— Alors, monsieur Dion, vous suivez cet agent jusqu'au poste de police et je vais vous interroger plus tard. Pour le moment, je dois attraper cette tête de mule.

— Quoi ? Au poste de police ? Mais enfin, vous êtes fou ou quoi ? Je n'ai rien fait, proteste Laurent Dion en se débattant comme un forcené lorsque le policier le fait pénétrer de force dans la voiture.

L'inspecteur Sanschagrin se tourne vers David, trop heureux de s'être fait oublier pendant quelques minutes.

— Je venais de vous demander si vous saviez où sont vos deux amis ?

— Ben… Je les ai entendus parler d'un endroit, genre le fumoir, le pochoir, ou quelque chose du genre…

L'inspecteur saisit son téléphone cellulaire et ameute les voitures en patrouille.

— Vite, tout le monde au café *Le Foutoir*. Ils sont là.

Il décolle en coup de vent. Une main sur la porte, il se retourne brusquement et regarde David qui n'a pas bougé d'un iota, debout au milieu du salon, son plat de pop-corn à la main.

— Vous, vous ne bougez pas d'ici. Compris?

— Ouais. Pas de problème. Genre, que c'est OK, là.

## Chapitre 13

# Visite nocturne
# à la bibliothèque

La bibliothèque municipale est un vieil immeuble, situé en face d'un parc et entouré d'arbres et de quelques commerces. Le soir, pratiquement personne ne traîne dans les environs.

— Ces vieux bâtiments comportent plusieurs portes. On peut peut-être espérer qu'un travailleur aura oublié de fermer une fenêtre.

— Eh ! Le mieux, c'est de faire le tour et de vérifier chacune des ouvertures.

C'est un soir très doux. Une brise tiède fait bouger les branches des nombreux arbres centenaires qui entourent la bibliothèque. N'importe qui pourrait se cacher sans problème derrière le tronc de ces immenses feuillus. Le ciel est dégagé et la pleine lune jette un faible éclairage.

— Chapi, si jamais quelqu'un se pointe, nous ferons semblant d'être deux amoureux qui cherchent un endroit tranquille pour se bécoter. T'es d'accord?

— Ouais!

À pas de tortue, ils avancent jusqu'à l'édifice en se cachant derrière les troncs. La noirceur est à couper au couteau, les immenses arbres bloquant toute lumière.

Pendant que nos deux amis rasent la brique et inspectent portes et fenêtres, *Le Foutoir* est le théâtre d'une véritable scène de film policier. Furieux de s'être fait berner par deux adolescents, l'inspecteur Sanschagrin s'y est rendu à toute vitesse, avec deux voitures de police, gyrophares et sirènes à fond de train. Malheureusement, les deux jeunes avaient déjà quitté le café. C'est donc Jacob qui se fait questionner par l'inspecteur qui est d'une humeur massacrante.

— Écoutez-moi bien, monsieur Jacob. Ces deux jeunes sont en danger. Je ne suis pas en train de vous demander gentiment de me rendre service, je vous ordonne de me dire où ils sont allés, sinon je vous embarque et vous passerez la nuit en prison.

Jacob est déchiré. Il n'aime pas la police. Bien que très respectueux des lois de la société, il a un peu l'âme d'un délinquant et ne déteste pas contourner certaines règles sociales, si ça ne fait de mal à personne. Mais il ne veut pas que ses amis aient des problèmes à cause de lui. D'un autre côté, il n'a pas envie d'être amené au poste de police et il est vrai que Sophia est en danger. S'il fallait qu'il se produise une chose grave, il ne se le pardonnerait jamais.

— Bon, d'accord. Je crois les avoir entendus parler de la bibliothèque municipale. Sophia voulait des informations à propos du pain ou un truc comme ça.

— Quoi? À la bibliothèque municipale? Vous vous foutez de moi! Vous essayez de me faire gober que ces deux adolescents se sont enfuis de la maison pour lire tranquillement dans une bibliothèque qui n'est même pas ouverte?

— Je sais que cela peut paraître fou. Mais c'est tout ce que je peux vous dire. Et je ne suis pas assez stupide pour vous faire croire qu'ils bouquinent tranquillement. Ils pensent que la senteur de pain dégagée par le tueur pourrait les mettre sur une piste. Vous comprenez ce que je veux dire, inspecteur ?

— Si jamais vous m'avez menti, je reviens illico vous faire profiter d'une nuit de rêve dans une cellule. Vous avez compris ?

— Bien entendu.

— Allez, direction bibliothèque municipale, dit-il à ses adjoints.


Pour Sophia et Charles-Philippe, le miracle espéré s'est produit : une fenêtre mal fermée. Ils se sont glissés à l'intérieur pour atterrir finalement dans l'entrepôt où s'entassent des caisses de livres, des classeurs d'archives et de vieilles étagères. Un vrai fouillis. Une odeur de papier moisi leur monte au nez.

— Je ne suis jamais venue ici, Chapi. Je ne sais pas où se situe l'entrepôt par rapport à la salle de travail.

— Eh ! En général, les entrepôts sont au sous-sol ou en dessous de l'étage utilisé par le public. Sortons de là, on verra bien !

— Fais attention de ne pas trébucher sur une boîte.

Ils se faufilent entre les caisses, en enjambent, tâtonnent le long des murs et finissent par aboutir à la porte. Pour ne pas nuire à ses mouvements, la jeune fille a laissé son matériel photographique dans la voiture.

— Heureusement que nous avons pris une lampe de poche.

— Eh ! Passe devant, tu connais cet endroit mieux que moi. Je te suis de près.

Elle lève le loquet et tire doucement vers elle la vieille porte qui grince de tous ses gonds.

— Merde, chuchote Sophia.

— Eh ! C'est pas grave de faire un peu de bruit, il n'y a pas un chat ici.

— On n'en sait rien. Il y a peut-être un gardien. Je ne veux courir aucun risque. Soyons prudents.

Elle referme la porte, sans abaisser complètement la clenche. Ils marchent maintenant dans un long corridor avec de multiples portes de chaque côté. Au bout, un escalier en colimaçon qu'ils montent. Sophia déteste ça. Comme ils approchent de l'étage, leur nervosité est à son comble. Ils butent contre une autre porte et n'ont aucune idée de ce qui se cache derrière. Sophia éteint sa lampe et pousse délicatement le battant en tenant la poignée. La porte n'émet aucun grincement. Sophia allume sa lampe et en balaie la pièce. Ils sont dans la salle réservée aux employés. Il y a des fauteuils de repos, une petite cuisine et un vestiaire.

— Bon, chuchote Sophia, la salle de lecture est certainement à côté. Allons-y doucement, sans faire de bruit.

Charles-Philippe opine de la tête pour indiquer qu'il a compris. Ils traversent le salon des employés et se heurtent à une troisième porte, celle qui doit les mener à la grande pièce où se trouvent les livres. Sophia éteint sa lampe et pousse la porte. Effectivement, il s'agit de la salle où sont classés les ouvrages pour le public. Sophia sait exactement où est rangé celui qu'elle désire consulter. Il est le long du mur. Comme il y a beaucoup de fenêtres, la lumière de la lune éclaire la salle. Les deux amis longent le mur de droite et passent devant des étagères et des allées où sont installés des petits bureaux. Soudain, Sophia s'arrête d'un coup sec. Son visage devient livide. Elle suffoque, les yeux sortis de leurs orbites et la bouche ouverte sans qu'aucun son n'en sorte. Doucement, elle fait signe à Chapi de regarder vers les tables de travail. IL EST LÀ, bien assis à feuilleter un livre, s'éclairant d'une lampe portative. Elle a reconnu la silhouette, le manteau, les longs cheveux. Charles-Philippe est saisi. Ils ont tous les deux le même réflexe, celui de s'écraser dans un coin et surtout de ne plus bouger.

Ils osent à peine respirer. Si cet homme les voit, ils n'imaginent pas ce qu'il pourrait faire. Blottis l'un contre l'autre, Sophia et Charles-Philippe se demandent combien de temps ils devront attendre et ce qui va se passer si le type les aperçoit. Ils ignorent que quelques kilomètres plus loin, deux voitures de police foncent à toute allure vers la bibliothèque.

Cela fait une dizaine de minutes que Sophia et Charles-Philippe ne bougent pas. Les deux adolescents respirent par petits coups, sans faire de bruit. Soudain, l'homme se met à rire. Sophia reconnaît tout de suite ce rire. C'est celui qu'elle a entendu dans la ruelle, lorsqu'elle a découvert les rats, et qui résonne comme un écho dans la vaste salle. C'est apocalyptique. Les jeunes gens sont terrifiés. Ils se regardent, les yeux envahis par la panique. Soudain, les sirènes de police se font entendre à l'extérieur. Ils pensent la même chose. Avec ce bruit, c'est le moment ou jamais de s'enfuir de là. Ils se redressent et courent vers la sortie. L'homme se lève lentement et écoute en tournant la tête à gauche et à droite. Il se dirige vers la même sortie que Sophia et Charles-Philippe. Ceux-ci sont déjà rendus dans l'escalier qu'ils dévalent à toute vitesse sans regarder en arrière.

— Vite, Chapi, vite ! Dépêche-toi, tu ne cours pas assez vite !

Il fait pourtant tout ce qu'il peut, mais se presser n'est pas dans sa nature. Au bas de l'escalier, ils entendent le bruit des bottes qui martèlent le plancher. Tout de suite après, retentit ce rire qui n'en finit pas. L'homme les suit de très près.

— Mon Dieu, Chapi, il est là. Il est là, viiiiite !

Ils courent le long du corridor en se guidant avec la lampe de poche. L'homme va les rattraper, c'est certain. Devant la porte de l'entrepôt, ils jettent un coup d'œil : l'homme est à l'autre bout du couloir, droit dans son long manteau. Il ne bouge pas et les regarde. Encore une fois, il rejette la tête en arrière et rit à gorge déployée.

— Eh ! Mais qu'est-ce qu'il a à rire toujours comme ça, lui ?

— Pas le temps. Vite ! lance Sophia.

Escortés par le rire maléfique, ils pénètrent dans l'entrepôt. Sophia referme la porte et glisse une boîte de livres devant. Chaque minute gagnée est importante. À toute allure, ils traversent l'entrepôt en se cognant à tout ce qui traîne. Charles-Philippe se prend les pieds dans une boîte et s'étale par terre.

— Nom de Dieu! Chapi, relève-toi vite, vite!

— Eh! Je me suis fait mal au bras en tombant. Aide-moi un peu.

Sophia l'aide à se relever. La boîte qui bloque la porte se met à bouger.

— Dépêche, Chapi, il est derrière la porte.

Devant la fenêtre, Sophia ordonne à Chapi de passer le premier.

— Pas question, vas-y!

— Ce n'est pas le moment de se chicaner. Je suis plus rapide et svelte que toi. De plus, tu as mal au bras. Je passerai juste après toi.

De peine et de misère, il passe par la fenêtre. Avec le stress, le cœur qui veut sortir de la poitrine et son bras douloureux, Charles-Philippe est encore plus malhabile que d'habitude. Lorsqu'il arrive dehors, il entend les sirènes qui sont tout près.

— Grouille-toi, Sophia, la police arrive. Elle se dirige par ici. Il faut la prévenir pour faire arrêter ce fou.

— Décolle, Chapi. Va avertir les policiers tout de suite. Cours! Ne m'attends pas, je te suis, dit-elle avant de passer par la fenêtre.

La porte de l'entrepôt grince lugubrement. Le bruit s'étire interminablement. Par réflexe, Sophia se retourne. L'homme est dans l'encadrement. Il la regarde. Il ne tente pas de l'attraper, mais la fixe intensément. Il se met à rire de plus en plus fort. Un dernier effort et elle parvient à sortir dehors. Elle court se cacher derrière un gros arbre, trop essoufflée et énervée pour continuer. Elle a les jambes coupées. Elle aperçoit parfaitement les gyrophares dans le stationnement de l'édifice. Elle appuie sa tête contre le tronc rugueux en prenant une profonde inspiration. Quel soulagement! Alors qu'elle commence à peine à reprendre un peu confiance…

— Bonsoir, Sophia.

La jeune fille sait à qui appartient cette voix même si elle ne l'a jamais entendue. Elle est très près de son oreille. Trop près. Complètement affolée, paralysée par la terreur, elle voit enfin le visage du tueur. Il est si près du sien qu'elle sent son haleine. Il dégage une odeur de pain et de sueur. Il la regarde. Elle serre ses deux poings pour se maîtriser.

— Dis-moi, Sophia, savais-tu que Dieu a créé la nuit noire pour éprouver les hommes et que, depuis ce temps, le diable profite de l'obscurité pour accomplir ses mauvaises actions?

«Ne parle pas. Ne dis rien. Tais-toi. Il va partir, car il entend les sirènes. Les policiers arrivent pour te sauver. Si tu hurles, ce fou va paniquer et peut-être te tuer.»

Sophia perçoit le souffle de l'homme. Il la fixe une dernière fois avant de s'éloigner du côté opposé au stationnement et de se perdre dans la nuit. Quelques minutes plus tard, la jeune fille est assise dans une voiture de patrouille. Elle est incapable de parler, de pleurer, de crier. Elle est en état de choc. Elle veut que tout cela s'arrête. Elle veut que sa mère la prenne dans ses bras, tout de suite. Mais plus que tout, elle veut que cet homme soit arrêté et enfermé pour toujours, jusqu'à la fin des temps.

## Chapitre 14

# L'odeur du pain

Sophia se remet lentement de ses émotions. Charles-Philippe se masse le bras, il n'a qu'une petite foulure sans conséquence. La jeune fille discute fermement avec l'inspecteur Sanschagrin.

— Je dois vérifier mon hypothèse. J'ai besoin d'entrer dans cette bibliothèque. Si c'est ce que je pense, nous pourrons le faire sortir de sa tanière rapidement.

— Nous ? Qui ça, nous ? Aux dernières nouvelles, vous ne faites pas partie de la police, mademoiselle Doré.

— Cette affaire me concerne directement.

— Être concernée par cette affaire ne fait pas de vous une policière.

Sophia regarde l'inspecteur dans les yeux avant de prendre un ton ironique :

— Pourtant, nous avons deviné bien des choses que vous ne soupçonniez même pas ?

— Vous êtes insupportable et je commence à en avoir marre de vos initiatives. Je vous laisse dix minutes, pas plus. Le lieutenant Longchamps va vous accompagner.

— Dix minutes, c'est plus que suffisant. Je veux que Chapi vienne avec moi.

Charles-Philippe est content de voir que, cette fois-ci, elle pense à lui. Après avoir vécu des moments si intenses, il ne veut pas la laisser une seule minute et il espère que c'est réciproque pour elle.

— D'accord ! Allez-y rapidement que l'on puisse retourner au poste au plus vite. Il est déjà plus de vingt-trois heures.

Plusieurs policiers s'affairent déjà dans la salle de la bibliothèque à relever des empreintes et à recueillir des indices. Sophia met rapidement la main sur le livre qu'elle veut consulter. Il est sur la table. C'est celui-là que le tueur lisait tout à l'heure : *Le livre des superstitions. Mythes, croyances et légendes.*

— Eh ! C'est vrai que tu as une petite idée pour arrêter ce malade ?

— Oui, Chapi. Si c'est ce que je crois, les possibilités seront réduites. Voyons voir…

Sophia tourne rapidement les pages du bouquin. Elle veut vérifier la signification du mot « pain ». La recherche est décevante.

— Quatre pages d'explications et rien ne ressemble à ce que je croyais découvrir. Je ne peux pas m'être trompée, c'est impossible !

— Eh ! Explique-moi, je peux t'aider.

— Cette odeur de pain doit avoir un lien avec l'endroit où il demeure ou son lieu de travail.

Il s'écoule quelques minutes de silence pendant qu'ils réfléchissent.

— Et si tu cherchais le mot « boulanger » ou « boulangerie » au lieu de pain, ça serait peut-être mieux, qu'en penses-tu ?

— Possible… On n'a rien à perdre.

Sophia cherche le mot « boulanger ».

— Voilà j'y suis, dit-elle en lisant tout haut : « Le diable est parfois appelé, comme dans *La Comédie humaine* de Balzac, le boulanger. » Ça y est ! Chapi, tu es génial. Ou bien il est boulanger, ce qui me surprendrait beaucoup, ou bien il travaille dans une boulangerie, ce qui est possible…

— Ou encore il demeure très près d'une boulangerie, conclut Chapi.

— Exactement ça ! Viens, allons voir notre gentil inspecteur pour lui faire part de notre dernière découverte. Il ne regrettera pas de nous avoir fait confiance.

Les deux adolescents refusent de quitter le poste de police tant qu'ils n'auront pas convaincu l'inspecteur du bien-fondé de leur nouvelle idée. Ils sont sûrs que cette piste les mènera au tueur rapidement. Malheureusement, l'inspecteur Sanschagrin n'est pas du tout de cet avis.

— Mademoiselle Doré, c'est une hypothèse que vous émettez, pas une certitude. Nous devons d'abord examiner toutes les boulangeries. Il y en a au moins une trentaine dans cette ville. Ensuite, il faut obtenir le nom de toutes les personnes qui y travaillent. Ce sera très long. Vous ne pouvez pas rester ici tout ce temps. Vous allez rentrer chez vous tout de suite et je vous garantis que, cette fois-ci, vous ne sortirez pas de votre foutue maison.

— Écoutez-moi, inspecteur. Je sais comment pense cet homme. Si vous me montrez le nom et l'adresse des boulangeries, je suis certaine de vous faire gagner du temps en trouvant un petit indice que vous n'aurez pas vu.

L'inspecteur n'en revient pas. Comment ose-t-elle lui faire la leçon, lui qui cumule vingt ans d'expérience dans les enquêtes ? Quelle jeunesse, non mais quelle jeunesse !

— Alors, entendons-nous bien, mademoiselle. Je vous montre cette liste. Ensuite, vous me faites vos petits commentaires et vos recommandations. Après, vous allez dormir dans votre lit douillet et vous nous laissez faire notre travail en paix. Compris ?

Sophia sait qu'elle n'a pas le choix. Si elle asticote l'inspecteur encore plus, il va exploser et elle sera complètement écartée de l'enquête.

— Marché conclu !

Les deux jeunes se penchent sur la liste des boulangeries. Sophia fait lentement glisser son doigt sur la feuille en murmurant chacun des noms. Charles-Philippe suit sa lecture en silence, une main sur son épaule.

— *Délices du palais… Le pain doré… Boulangerie d'antan… Huche du boulevard…*

Elle s'arrête pile ! Le nom qui suit lui saute aux yeux immédiatement.

— La boulangerie *Au pain béni*, dit-elle. C'est cela, *Au pain béni* !

Ils se regardent et s'écrient en même temps :

— IL EST TELLEMENT BON QUE MÊME LE DIABLE EN ACHÈTE !

Ahuri, l'inspecteur les regarde sans comprendre.

— C'est le slogan publicitaire de la boulangerie *Au pain béni*, l'informe Sophia,
heureuse de sa découverte.

— Eh! Il est tellement bon que même le
diable en achète! C'est vraiment trop nul
comme publicité.

— Nulle ou pas, cette pub fait référence
au diable et cet homme est branché sur tout
ce qui se rapporte au mal : l'enfer, les mauvais
esprits, Satan et tout le reste. Il y a un lien,
c'est évident. Il faut y aller tout de suite.

— Pas question! dit l'inspecteur.

Une discussion orageuse s'engage alors
entre Sophia et lui. Elle argumente sans arrêt.
Le stress du policier augmente de minute en
minute. Il finit par exploser.

— Mais êtes-vous toujours aussi entêtée?

— Oui, soupire Charles-Philippe. Toujours.

Sophia lui lance un regard furieux.

— Je vous demande seulement de passer
devant la boulangerie pour juger vous-même.
Nous resterons dans la voiture, bien sagement.

L'inspecteur réfléchit et consulte son
adjointe. Après quelques minutes de messes
basses, il leur fait part de sa décision :

— Voici notre plan. Et ce n'est pas une
proposition, c'est un ordre. Comme nous

avions déjà prévu vous déposer chez vous, nous ferons un petit crochet par cette boulangerie. Ensuite, lorsque je vous aurai vu franchir la porte de votre maison, je serai certain que vous serez en sécurité. Mais si je dois vous enfermer en prison pour vous protéger de vous-même, je vais le faire, mademoiselle Doré.

L'inspecteur Sanschagrin désigne le lieutenant Longchamps et deux autres policiers pour accompagner Sophia et Charles-Philippe. Ils s'entassent dans deux voitures de police et filent à toute allure vers la boulangerie *Au pain béni*.

# Chapitre 15

# La fuite

La boulangerie *Au pain béni* est située dans un quartier populaire, tout près de la Place du Marché, à deux kilomètres environ du café *Le Foutoir*. De nouvelles constructions et des maisons anciennes se côtoient. De grands arbres bordent les rues et de petites clôtures limitent les terrassements. Habité par de jeunes familles et des gens retraités, c'est un endroit assez propret. À l'angle de l'avenue Pardigo et de la rue Cantor, la porte d'entrée de la boulangerie est flanquée de vitrines bien éclairées qui font l'étalage des produits : petites montagnes de pains ronds, baguettes bien rangées dans des corbeilles en osier, gâteaux de fête en forme de personnages de bandes dessinées et pâtisseries dégoulinant de crème. À l'intérieur, on aperçoit quelques tables aménagées

147

pour ceux qui veulent traîner un peu dans la boulangerie.

— Je mangerais bien un morceau de gâteau, bave Charles-Philippe en regardant toute cette bouffe alors qu'il a justement un petit creux.

— Regardez l'affiche, lance Sophia en s'adressant à l'inspecteur avec un air de défi. Je le savais !

Sur l'enseigne au néon est écrit le nom de la boulangerie et, juste à côté, on voit un petit diable rouge tenant une fourche dans les mains.

— Pour l'instant, on ne sait rien. Il ne s'agit que d'un panneau avec une publicité stupide, grogne l'inspecteur.

Le deuxième étage de la boulangerie semble être un appartement privé. Les fenêtres sont fermées par des rideaux noirs. Il est impossible de voir ce qui se passe à l'intérieur. On accède à ce logement par l'arrière du commerce, au moyen d'un escalier en fer forgé. Un petit jardin entouré d'une clôture en métal sépare la boulangerie de la maison voisine. À cette heure-ci, c'est le silence le plus complet. Seules les lumières vives de la boulangerie jettent un peu d'éclairage sur le trottoir.

— On devrait frapper à la porte, le presse Sophia. Il faut savoir qui habite au deuxième étage.

— Ah oui ? Et de quel droit, mademoiselle Doré ? Pourquoi irais-je déranger la personne qui demeure dans cette maison ? Apprenez que ce n'est pas parce que je suis policier que je peux entrer chez les gens à n'importe quelle heure du jour ou de la nuit.

— Mais vous avez une excellente raison, il s'agit d'un meurtrier ! s'écrie Sophia hors d'elle. Moi aussi, j'aimerais pouvoir dormir tranquille chez moi, mais justement, c'est impossible !

— Pour l'instant, nous ne possédons aucune preuve qu'il s'agit du meurtrier, mademoiselle je-sais-tout. Non, ne le dites pas, je vais plutôt essayer de deviner ce que vous aimeriez que je fasse. Je monte les escaliers, je frappe doucement à la porte, je dis innocemment à la personne qui ouvre : « Bonsoir, cher monsieur, je suis vraiment désolé de vous déranger à une heure du matin. Je suis l'inspecteur Sanschagrin. Je veux seulement constater si vous êtes le tueur qui se prend pour le diable et qui collectionne les rats d'égout. »

Ayant imité la voix de Sophia, l'inspecteur se trouve très drôle. Sa collègue rigole aussi.

 149

Charles-Philippe n'ose pas rire, car Sophia est en furie. Elle déteste se faire appeler mademoiselle je-sais-tout. L'inspecteur ne le sait pas, mais c'est le surnom que les élèves de l'école lui ont donné. Très en colère, elle voudrait bien sortir de cette voiture pour régler cette affaire une fois pour toutes. Malheureusement pour elle, les portes des voitures de police ne s'ouvrent pas de l'intérieur.

— Trêve de plaisanteries, je vous reconduis chez vous immédiatement.

Le regard de l'inspecteur s'attarde un instant sur le visage anxieux et un peu bizarre de la jeune fille. Elle a les traits tendus et les yeux légèrement hagards. Elle frotte rapidement ses mains l'une contre l'autre.

— Ça ne va pas? demande-t-il.

— Non! J'ai besoin de prendre un peu l'air. Je ne me sens pas bien du tout.

— Qu'est-ce que vous me racontez là?

Sophia commence à respirer difficilement. Sa gorge fait un drôle de bruit, comme une espèce de râlement.

— Mais qu'est-ce que vous avez, bon sang? s'exclame l'inspecteur, inquiet.

— Eh! Sophia. Dis-moi quelque chose.

— Je souffre… de… de claustro… de claustro… bie, bredouille-t-elle en hoquetant, chaque fois qu'elle essaie de parler.

— Vous souffrez de claustrophobie ? Il ne manquait plus que cela !

Charles-Philippe jette à son amie un regard suspicieux. Elle ne lui a jamais parlé de cette phobie. Elle manigance sûrement quelque chose.

— Je… dois… je dois… je dois sortir…, supplie-t-elle en regardant l'inspecteur.

— Lieutenant Longchamps, ouvrez vite cette porte afin qu'elle respire mieux.

Sophia sort en trombe. Elle va s'appuyer d'une main sur la voiture et, de l'autre, elle se prend le ventre en respirant profondément. Charles-Philippe s'approche de son amie et lui touche doucement l'épaule.

— Eh ! Tu vas mieux ?

Elle lui lance un regard malin et lui chuchote à l'oreille :

— Tout va très, très bien, Chapi. Tiens-toi prêt. Nous ferons la course du siècle dès que l'inspecteur va détourner les yeux.

— Eh !

Durant toute cette agitation, personne ne prend la peine de regarder au deuxième étage de la boulangerie. Un coin de rideau se soulève à la fenêtre donnant sur l'avenue Pardigo. Pendant que Sophia fait semblant de reprendre son souffle, l'inspecteur Sanschagrin et son adjointe informent les policiers de l'autre voiture de la suite des événements. C'est le moment!

Les deux adolescents se lancent dans un sprint digne des grands coureurs. Ils filent comme des flèches, sans faire de bruit. Surtout Sophia. Charles-Philippe essaie de maintenir le rythme du mieux qu'il peut. Ils foncent vers la maison non éclairée à côté de la boulangerie. Il y fait noir comme dans le fond d'une penderie. Ils se glissent entre le garage et une haie de cèdres. De cet endroit, ils ont une vue sur le jardin de la boulangerie. À peine sont-ils cachés qu'ils entendent hurler l'inspecteur Sanschagrin. Il est enragé.

— MAIS-CE-N'EST-PAS-VRAI! Quelle petite peste, celle-là! Je suis vraiment stupide. J'aurais dû m'en douter. Elle ne peut pas être claustrophobe, elle est allée dans les égouts! Où sont-ils? Trouvez-les, ils ne peuvent pas être loin. Je les ai lâchés du regard quelques secondes seulement, aboie-t-il à ses collègues.

Les hurlements de l'inspecteur commencent à déranger les habitants du quartier. Ils ont réveillé les chiens qui jappent maintenant en chœur. Lorsque les gens regardent à leur fenêtre et aperçoivent les deux voitures de police, une légère inquiétude s'ajoute à leur rage d'avoir été réveillés à une heure du matin. Une dame sort de sa maison et s'approche de l'inspecteur. Elle a jeté une robe de chambre sur sa chemise de nuit et glissé ses pieds dans d'horribles pantoufles. De toute évidence, elle n'a pas pris le temps de se coiffer. L'inspecteur la regarde et se demande si ce n'est pas une hallucination.

— J'exige que l'on m'explique ce qui se passe ici et tout de suite. C'est un quartier tranquille. Il n'y a pas de voyous et nous n'avons jamais eu de problèmes avec la police.

Elle a une voix nasillarde qui énerve vraiment l'inspecteur. Celui-ci tente de se contenir au prix d'énormes efforts.

— Calmez-vous et retournez dormir, chère madame. Il s'agit d'une petite inspection de routine. Rien de grave. Tout sera rentré dans l'ordre d'ici quelques minutes.

Il place sa main dans le dos de la dame pour lui indiquer le chemin du retour. Il n'aurait jamais dû faire cela.

— Ne me touchez pas, monsieur. NE-ME-TOU-CHEZ-PAS ! hurle-t-elle en détachant chaque syllabe. Je veux connaître la raison de cette inspection de routine. J'habite ce quartier depuis ma plus tendre enfance et j'ai le droit de savoir. Je suis responsable du comité Une vie de quartier en santé, et en tant que représentante des citoyens, j'exige une réponse intelligente.

— S'il vous plaît, madame, calmez-vous ! lui répond-il fermement. Lieutenant Longchamps, occupez-vous d'elle pendant que j'essaie de retrouver nos deux fugitifs. Vous êtes madame qui, déjà ?

— Je m'appelle Simone Beauparlant.

— Un nom prédestiné, dit l'inspecteur en la quittant. Cette policière va s'occuper de vous, madame Beauparlant.

Si le bruit trouble le sommeil des habitants du quartier, il arrange très bien les deux amis qui se font oublier un peu. Dans leur cachette, Charles-Philippe reprend son souffle tandis que Sophia scrute les alentours avec attention. Elle essaie de voir s'il y a quelqu'un dans le logement du deuxième étage. Soudain, elle montre les escaliers du doigt.

— Chapi, regarde ! Je savais que j'avais raison.

Il suit le geste de son amie. Une silhouette descend doucement les escaliers. Malgré l'obscurité, on peut voir son long manteau qui lui descend jusqu'aux chevilles. L'individu, profitant de ce chahut, s'esquive comme un voleur.

— Eh ! C'est lui.

— Il faut le suivre, Chapi.

— C'est très dangereux, Sophia. Il faut avertir l'inspecteur.

— Tu ne comprends pas, Chapi. Si on fait ça, on va perdre du temps. Ce type va se sauver. Je peux te garantir qu'il ne remettra pas les pieds dans cet appartement maintenant qu'il sait que nous l'avons repéré. Nous risquons de le perdre pour toujours. Il pourrait même s'enfuir de la ville et nous ne pourrions jamais l'attraper. Jamais !

— Eh ! C'est vrai. Tu as raison, nous devons le suivre. Mais promets-moi que nous ne prendrons pas de risques.

— Promis, dit-elle. On va le suivre sans se faire voir. Ça ne sera pas facile. Fais un effort pour te faire tout petit.

L'inconnu au long manteau leur facilite la tâche. Il connaît tous les petits coins à l'abri des regards. Il commence par sauter lestement par-dessus la clôture. Il passe à quelques pas des deux adolescents, bien dissimulés derrière la haie de cèdres. Sophia le regarde. Elle peut voir son visage blême, de profil. Il a un sourire terrifiant.

# Chapitre 16

# Une visite en enfer

L'homme se glisse entre les maisons, les ruelles et les arbres avec l'agilité d'un chat. Sophia et Charles-Philippe le suivent du mieux qu'ils peuvent. Ils ne veulent surtout pas se faire remarquer, même s'ils ne possèdent pas sa souplesse.

— Eh! Je me demande bien où il va comme ça, chuchote Chapi.

— Je m'en doute un peu, répond Sophia. Il se dirige vers une bouche d'égout que je connais bien. Celle de la ruelle des Goélands.

— Eh! On ne va tout de même pas le suivre là-dedans. C'est trop dangereux!

Sophia ne répond pas. Elle le sait très bien que c'est dangereux, mais elle est trop têtue pour s'arrêter en chemin. Un vilain défaut qu'elle devrait corriger. Mais plus tard, pas maintenant. Leur pousuite s'arrête dans la ruelle où Sophia a découvert les fameux rats. On dirait que l'histoire fait une boucle en la ramenant dans cet endroit.

— Je le savais! Chapi, tu restes ici. Moi, je vais le suivre. Si je ne suis pas revenue dans une heure, préviens l'inspecteur Sanschagrin.

— Eh! T'es malade, complètement inconsciente, ou quoi? Écoute, Sophia, je me tais souvent, même si je ne suis pas toujours d'accord avec toi. Mais cette fois-ci, tu vas beaucoup trop loin. Ce n'est pas un jeu. Pas question que je te laisse filer là-dedans toute seule. Je ne suis pas d'accord, mais je te suis puisque tu ne veux rien comprendre.

— Merci, Chapi. Vite, ne perdons pas de temps.

Ils s'engouffrent dans les vieux égouts de la ville avec un courage fragile. Encore une fois, Sophia patauge dans ce trou à rats, ce refuge pour gens démunis. Avec le bruit de l'eau et la noirceur ambiante, il devient de plus en plus difficile pour eux de suivre l'homme.

— Il a fui par ce tunnel, dit Sophia en élevant la voix pour couvrir le bruit de l'eau qui coule sans jamais s'arrêter.

— Eh! Je crois plutôt qu'il a pris cet autre tunnel.

— Merde! lâche-t-elle. On se sépare?

— Non, pas question!

— Bon, allons-y au hasard, alors. On prend celui de gauche.

Ils progressent péniblement en raison de la puanteur. Ils sont mouillés, ils ont froid et ils ont peur. Leur tunnel débouche sur une petite salle où s'ouvrent quatre autres canaux.

— Eh! Il faut se rendre à l'évidence, Sophia. On l'a perdu. C'est risqué de rester ici. Retournons sur nos pas pendant que nous sommes encore capables de nous rappeler par où nous sommes passés.

La situation est troublante. Ils sont là, tous les deux, debout, mouillés, perdus dans les égouts de la ville, assaillis par ce bruit incessant qui leur tambourine les tempes.

— Merde, merde et merde, rage Sophia. Je n'accepte pas du tout de l'avoir perdu. Je ne peux pas croire qu'il va réussir à se sauver sans que j'apprenne pourquoi il a fait tout ça.

— Eh! C'est comme ça, c'est tout. Tu dois te faire une raison. Sophia, on ne peut pas toujours réussir. Arrête un peu de t'entêter. Ça suffit à la fin!

Elle prend Charles-Philippe par les épaules et le regarde intensément.

— Je t'en supplie Chapi, essayons un dernier tunnel. Si c'est sans issue, je te promets sur la tête de mon père que nous allons prévenir l'inspecteur.

Lorsque Sophia jure sur la tête de son père, c'est du sérieux. Charles-Philippe le sait.

— D'accord.

Ils s'engagent donc au hasard, puisque, de toute façon, ils ne savent plus du tout où a disparu le meurtrier. Ils marchent pliés en deux pendant quelques minutes et aboutissent dans un endroit que Sophia reconnaît : la grande salle des vieux égouts, l'endroit même où elle a passé quelques moments avec son ami Galoche.

— On est arrivés au bout !

— Eh ! Je ne suis pas fâché de me déplier un peu.

Ils s'étirent pour remettre leur colonne vertébrale en place. Mais, soudain, quelque chose s'approche dans l'obscurité. C'est comme un frémissement. Leurs yeux sont maintenant habitués au gris ambiant, leurs sens aiguisés comme ceux d'une bête traquée. Alors, ils savent. Ils savent qu'il est trop tard. Ils ne sont plus seuls.

— Bonsoir, Sophia, tu es venue avec un ami ?

— Nom de Dieu ! laisse échapper l'adolescente.

Elle reconnaîtrait entre mille cette voix gutturale. Les deux jeunes se tournent vers l'endroit d'où émerge la voix. Il est là, debout, toujours le même sourire aux lèvres. Il caresse lentement un énorme chat noir.

— Dieu ne peut pas t'être d'un grand secours. Tu l'as écrit toi-même. Ici, c'est l'enfer. Le royaume du mal. Le royaume de la mort.

Il s'avance doucement vers eux en parlant. Il possède la désinvolture et l'aisance d'un homme qui se sent chez lui. Il flatte toujours le chat noir qui ronronne de plaisir.

— Je suis content de te voir ici. Il y a longtemps que j'attends ce moment. Je suis désolé que nous ne soyons pas seuls.

Sophia et Charles-Philippe sont changés en statues. La peur a complètement envahi leurs corps déjà transpercés par l'humidité. Des images défilent à toute vitesse dans leur tête. « Il va nous tuer. » « Pourquoi n'ai-je pas écouté Chapi ? » « Au secours quelqu'un. »

— La vie est si courte parfois. Nous sommes entourés de mauvais esprits, et plusieurs nous veulent du mal.

Il n'est plus maintenant qu'à quelques centimètres d'eux. Lorsqu'il parle, il ne s'adresse qu'à Sophia. Comme si Charles-Philippe n'existait pas.

— Tu vois ce chat. Je le caresse et il ronronne. Il est heureux et ne s'imagine pas que sa vie ne tient qu'à un fil. Il ne peut pas savoir que c'est moi qui tient ce fil. Je suis un peu comme son mauvais ange. Tu comprends ? Je l'apprivoise, je m'occupe de lui, je le flatte, je pourrais même dire que je l'aime, et, tout à coup…

D'un geste théâtral, il lève le chat au-dessus de sa tête, le regarde dans les yeux une dernière fois et le lance dans le canal des égouts qui traversent la salle. Des centaines de rats se jettent alors sur la pauvre bête. Le chat lance un seul cri, un couinement de détresse. Sophia pose sa main sur sa bouche. Elle n'a jamais rien vu d'aussi horrible. Stupéfié, Charles-Philippe ne peut lâcher le pauvre chat du regard. Les yeux de l'homme sont fixés sur leurs visages terrifiés. Rejetant la tête en arrière, il part à rire, d'un rire qui glace le sang et dont l'écho frappe les murs et rebondit à l'infini, tel un concert assourdissant et horrifiant. Un concert des ténèbres, au fond de l'enfer.

L'homme a ligoté les mains de Charles-Philippe et l'a poussé contre le mur. Il a fait la même chose avec Sophia.

— Tu n'as pas besoin d'ami, Sophia. Je suis là. J'empêche tous les mauvais esprits qui rôdent aux alentours de s'approcher de toi. Il y en a beaucoup, tu sais. Moi, je les connais et j'ai appris à vivre avec eux, à me défendre. Je peux te protéger contre eux. Par exemple, je suis obligé de t'attacher pour éviter que tu fasses des erreurs. Tu ne dois pas essayer de t'enfuir. Toi et moi, nous sommes des âmes sœurs. Nos deux âmes sont unies dans la vie et dans la mort.

— Eh! Ça va pas dans la tête? beugle Chapi.

L'autre continue de parler comme s'il n'avait rien entendu :

— Si je dois mourir, tu vas mourir avec moi, Sophia. C'est la règle des âmes sœurs. Mais ce n'est pas ça que je veux. Moi, je désire que tu comprennes que tu peux compter sur moi et nous pourrons être ensemble pour le temps qu'il nous reste à vivre sur cette terre. Cela dépend de toi, de moi, de nous. Cela dépend du nombre de jours, de semaines, de mois, d'années où nous serons capables de

 163

combattre tous les mauvais esprits qui nous entourent.

Les idées se bousculent dans la tête de Sophia. Comment vont-ils se sortir de là ? Elle regarde son ami et se sent horriblement coupable. Tout est de sa faute. Une vraie tête de mule. Pour l'instant, elle ne voit qu'une seule solution, gagner du temps. Chaque minute, et même chaque seconde, peut être cruciale.

— Pourquoi moi ? Je ne vous connais même pas.

— Je sais. Mais moi, je te connais. Je sais tout sur toi. Enfin, presque tout. Tu pourras m'apprendre le reste. Nous nous ressemblons beaucoup, toi et moi.

En parlant, il marche le long du canal d'égout, dans lequel a disparu le pauvre chat. Lorsqu'on y regarde de plus près, on distingue le dos des rats qui nagent, toujours à l'affût d'un repas imprévu. En prêtant l'oreille, on entend aussi leurs petits cris. C'est dégoûtant !

— C'est faux. Je ne vous ressemble pas du tout. Je n'ai jamais fait de mal à personne. Je ne passe pas mes journées à penser aux mauvais esprits et au mal.

— C'est parce que tu crois encore que ce sont des superstitions. Mais ce ne sont pas des histoires. C'est la vérité. Tu crois que l'enfer se trouve dans les égouts ? Tu te trompes ! Il est partout, tout autour de nous. Sur la terre, sous la terre, partout. Quand tu te lèves et que tu vas prendre des photos le matin, tu es entourée de mauvais esprits. Quand tu vas à l'école, à la bibliothèque, ils rôdent autour de toi, sans arrêt. Ils te collent à la peau et surveillent le moindre de tes gestes. Même quand tu es bien au chaud dans ton lit, à dormir près de la chambre de ta mère et que tu te sens vraiment en sécurité, ils sont aux aguets. C'est à ce moment-là qu'ils sont le plus dangereux.

Il arrête son manège morbide au fond du canal.

— C'est ce que j'ai voulu te montrer, mais tu ne comprends pas ce que je veux te dire, Sophia. Vincent Salesse, éleveur de singes bien connu du public, ne savait pas que ceux-ci sont possédés par l'esprit de Satan. Personne ne sait cela et ceux qui le savent croient que ce sont des balivernes.

Sophia se colle sur son ami. La chaleur de Chapi lui fait du bien. C'est comme un souffle de vie, une lueur d'espoir en ce moment atroce. L'homme reprend sa promenade. Ce qu'il dit est affreux :

— Un homme se rend chez un fleuriste, heureux d'offrir un cadeau à sa femme. Il achète douze œillets magnifiques et les lui donne pour souligner un moment de bonheur sans savoir que cette fleur transmet le mal. Il ne sait pas que ce moment heureux n'en est pas un. C'est en fait une autre heure de gloire pour le mal. Celui qui vend ces fleurs vend le mal, il le disperse partout dans les foyers, sans le savoir. Tu vois, nous sommes à la fois mauvais esprits et victimes des mauvais esprits. C'est horrible quand on pense à cela, non ?

Sophia et Charles-Philippe sont complètement abasourdis par ce qu'ils entendent. Les yeux ronds, ils regardent ce fou et se demandent comment tout cela va finir. L'homme dévisage Sophia pendant un temps qu'elle ne pourrait définir et qui lui paraît une éternité. Il s'approche d'elle, lui touche doucement la joue et sourit. Puis son regard effleure Charles-Philippe et ses yeux ne reflètent plus aucun sentiment. Pas de haine, de joie, de rage, rien. Sophia ferme ses paupières, découragée.

— Un embaumeur d'oiseaux ! Empailler des animaux, c'est un peu redonner vie à des êtres diaboliques. Les pies entretiennent des liens avec le monde satanique. Il ne faut pas redonner la vie à ces oiseaux de malheur. Ces hommes, je les ai tous tués pour toi, pour te faire comprendre que le mal existe dans des endroits insoupçonnés.

Sophia éclate en sanglots.

— Mon Dieu, ce n'est pas vrai ! C'est horrible ! Vous ne pouvez pas avoir tué des gens pour moi… Je respecte la vie, je ne comprends pas ce que vous dites. Je veux m'en aller, laissez-moi partir avec mon ami, je vous en prie, supplie-t-elle. Je ne suis pas votre âme sœur, c'est impossible, vous êtes fou !

Charles-Philippe se rend bien compte que son amie est au bord de la crise de nerfs. Mais il ne faut pas énerver ce dingue. Elle doit se taire absolument et ne pas lui dire qu'il est fou. Charles-Philippe entend un léger froissement, à peine perceptible avec le vacarme qui règne dans ces égouts. Il commence à croire qu'ils ne sont plus seuls. Il se presse contre le corps de Sophia pour essayer de la calmer un peu.

— Vous n'étiez pas obligé de tuer des gens pour me faire comprendre tout ça ! Vous auriez pu me parler, non ? Comment avez-vous pu faire ça ?

L'individu regarde Sophia. Impossible de savoir ce qu'il pense. Il s'approche d'elle de nouveau, à quelques centimètres de son visage.

— Tu ne devrais pas me parler comme cela. Je ne suis pas fou. C'est le monde autour de nous qui est fou. Je vais essayer de te faire comprendre une dernière fois, Sophia. Si cela ne marche pas, nous devrons mourir, tous les deux.

Il a à peine le temps de terminer sa phrase. Une ombre se matérialise et se précipite sur l'homme. Il perd alors l'équilibre et son corps penche dangereusement vers le canal.

— Mon Dieu, hurle Sophia, il va tomber. Il va mourir !

L'inconnu se jette la tête la première contre le corps de l'homme pour qu'il tombe à la renverse. Impossible pour le tueur de conserver son équilibre. Il bascule en hurlant dans l'eau infestée de déchets et de rats. Rapidement, l'homme de l'ombre entraîne Sophia et Charles-Philippe dans le tunnel le plus proche. Les deux jeunes gens suivent leur sauveur avec peine, car leurs mains sont encore liées. Après quelques minutes de course, ils s'arrêtent, essoufflés et fourbus. Sophia est secouée par les hoquets de ses pleurs. Elle tremble si fort qu'elle sent à peine la main qui frôle son bras. Elle se retourne, effrayée. Le visage qu'elle aperçoit lui arrache un sourire.

— Galoche ! C'est toi, Galoche ! Seigneur, tu nous as sauvé la vie !

Elle voudrait lui sauter dans les bras mais elle est attachée.

— Hummmm. C'est lui qui voulait te faire du mal. C'est pas bien. C'est pas bien du tout.

— Eh! Est-ce que quelqu'un pourrait s'occuper de moi.

— Pauvre Chapi, soupire Sophia en reniflant. Galoche, détache-moi. Détache-moi vite.

Dès qu'elle a les mains libres, elle s'occupe de son ami. Elle se sent tellement coupable et, en même temps, elle est soulagée que cette histoire se termine enfin. Elle ne contrôle plus ses émotions. Il y en a trop.

— Chapi, je suis tellement heureuse! J'ai eu si peur pour toi. Je m'excuse, j'aurais dû t'écouter.

Elle le regarde intensément jusqu'a se perdre complètement dans ses yeux et finalement elle se glisse dans ses bras.

— Eh! Qu'est-ce que tu fais là?

— Je t'embrasse, Chapi.

— Hummmm. Il ne faut pas rester ici. Je vais vous guider vers l'extérieur. C'est mieux ainsi. C'est beaucoup mieux ainsi.

— D'accord, Galoche. Mais je vais trouver une façon de te remercier de nous avoir sauvé la vie. Je te le promets. Sur la tête de mon père, je te le promets.

# Chapitre 17

# Le retour imprévu

Sitôt sortis des égouts, ils prennent le chemin du poste de police, encore une fois. La dernière, espèrent-ils. Fatigués, sales, puants, silencieux mais combien heureux d'être en vie. Ils ne parlent pas de ce qui s'est passé en bas. Ils ne parlent pas du baiser non plus. Plus tard. Lorsque tout sera vraiment terminé.

Au poste, le lieutenant Sanschagrin ne décolère pas et engueule tout le monde. C'est sa façon d'oublier son inquiétude. Il est paniqué à l'idée que ces deux jeunes puissent être en danger. Lorsqu'il les aperçoit, il pousse un hurlement bizarre.

— Grouaaaa! Mais où étiez-vous passés? Vous rendez-vous compte du danger? Êtes-vous seulement conscients de ma responsabilité dans tout cela? Et vous, mademoiselle

Doré, mademoiselle je-sais-tout, savez-vous qu'en plus d'être une vraie tête de mule, vous êtes une menteuse ? Claustrophobe ! Claustrophobe ! Qu'est-ce que vous êtes prête à faire encore pour obtenir ce que vous voulez ?

— Ne t'inquiète pas, Chapi. Ma mère aussi hurle quand elle a eu peur pour moi. C'est une façon de nous montrer qu'ils nous aiment.

— Eh ! Je sais.

Après avoir essuyé les foudres de l'inspecteur, Sophia et Charles-Philippe répondent à ses nombreuses questions. Pour lui, l'histoire est loin d'être terminée puisqu'il doit se rendre dans les vieux égouts à la recherche des preuves. Il doit savoir qui est cet homme. Alors, il prend des notes, interroge, fait des liens, mais on sent le soulagement dans sa voix. Lorsqu'il a enfin satisfait son besoin de connaître tout sur les minutes passées avec le tueur, il demande à la jeune fille une dernière chose qui la sidère :

— Connaissez-vous un certain Laurent Dion ?

— Oui ! Pourquoi me posez-vous cette question ? Je ne réussirai donc jamais à me débarrasser de lui.

— Nous l'avons arrêté alors qu'il fouillait dans vos poubelles. Nous l'avons interrogé, mais il n'arrête pas de dire qu'il ne sait rien et parle sans arrêt d'une bague qu'il veut récupérer.

— Vous avez arrêté Laurent Dion ?

Sophia se met à rire. Le stress et la peur qui retombent, le taux d'adrénaline qui baisse et la fatigue accumulée la rendent un peu hystérique. Elle rit sans être capable de s'arrêter. L'inspecteur est déboussolé par cette réaction.

— En tout cas, on dirait que ça vous fait plaisir.

Comme Sophia est pliée en deux et incapable de parler, Charles-Philippe répond à sa place :

— Eh ! C'est un gars de l'école qui la harcèle depuis quelque temps parce qu'il veut devenir son petit ami. Il la suit partout et lui donne des babioles pour la convaincre. Il essayait de récupérer le bijou qu'elle a jeté aux ordures.

Entre deux hoquets, Sophia réussit à placer une question :

— Je peux le voir ?

— Oui. De toute façon, nous le relâchons. Nous n'avons rien contre lui.

— Vous ne pouvez pas le garder quelques jours ?

— Non, mademoiselle, vous pouvez oublier cela, définitivement. Vous comprenez ce que je veux dire, n'est-ce pas ?

Elle aperçoit le pauvre Laurent, assis la tête entre les deux mains, dépassé par les événements. Son père est avec lui. Elle éprouve bien un peu de pitié, mais il mérite une leçon. L'occasion est unique.

— Alors, mon beau Laurent, il paraît que tu te prends pour un chat de gouttière ?

En l'entendant, il se lève rapidement. Il a les cheveux défaits par les heures d'angoisse et son visage est livide. Il est beaucoup moins fringant qu'à son habitude.

— Sophia !

— Bonjour, Laurent ! Tu as des problèmes ? Je te trouve moins élégant que d'habitude.

— Sophia, tu dois leur dire que tu me connais, que je cherchais la bague que tu as lâchement jetée aux poubelles.

— Tu es agressif, Laurent. Tu ne devrais pas, tu sais. Tu n'es pas dans une bonne position.

— Ça suffit, Sophia, dit l'inspecteur.

Il pousse doucement la jeune fille et s'adresse directement au père de Laurent. Ce dernier n'aurait jamais pensé passer une nuit au poste de police avec son fils. Sophia s'immobilise dans la porte.

— Laurent ? Regarde-moi un peu.

— Merde, elle a pris une photo de moi ! Arrêtez-la !

— Ça suffit, tout le monde. Monsieur Dion, vous pouvez partir avec votre fils. Tout a été vérifié. Nous nous excusons pour l'erreur.

Sophia se glisse entre le mur et l'inspecteur.

— Vous savez, monsieur Dion, votre garçon ne comprend pas ce que veut dire l'expression « je ne veux rien savoir de toi ». Vous devriez la lui expliquer. Il pourrait me lâcher un peu les baskets.

L'homme regarde son fils, qui serre les dents de rage.

— Allez, viens, Laurent. Ta mère doit être morte d'inquiétude. Partons d'ici.

Sophia regarde Laurent sortir sans le quitter des yeux.

— Enfin, il y a quand même une certaine justice sur cette terre, clame-t-elle tout haut.

Il est quatre heures du matin lorsque les policiers déposent Sophia et son ami à la porte de chez elle. La surveillance n'est plus nécessaire, mais Sophia préfère que son ami reste avec elle. En descendant de la voiture, ils entendent des hurlements provenant de la maison.

— Eh ! Encore ! On n'aura donc jamais la paix.

Inquiète, Sophia s'y précipite. Elle connaît bien cette voix.

Debout, à l'entrée du salon, les deux mains sur les hanches, sa mère bombarde David de questions. En boxer, le garçon se gratte la tête et regarde madame Doré sans comprendre ce qui se passe. Il ne croyait pas que le petit service demandé par Charles-Philippe serait aussi épuisant. Se déguiser en livreur de pizza, c'était drôle. Répondre aux questions de la police, c'était moins drôle. Affronter cette harpie qui le réveille et qui crie, c'est le délire.

Le salon est sens dessus dessous : pop-corn sur le plancher, bouteilles vides qui traînent un peu partout, assiettes sales et vêtements que David a semés avec nonchalance sur les meubles.

— Maman ? Qu'est-ce que tu fais ici ?

— Sophia ? Vas-tu m'expliquer ce qui se passe ici ? demande celle-ci avec une colère mêlée de surprise et de curiosité, sans répondre à la question de sa fille.

Madame Doré scrute son adolescente de la tête aux pieds et fait la grimace.

— Mais tu es sale et tu sens terriblement mauvais ! Charles-Philippe n'est pas mieux que toi! Mais quelqu'un va-t-il me dire ce qui se passe? Ma fille et son ami, un garçon, rentrent à quatre heures du matin. Ils ressemblent à un dépotoir ambulant. Mais ce n'est rien cela. Je pourrais toujours en rire s'il n'y avait pas un garçon, que-je-n'ai-ja-mais-vu-de-ma-vie, qui traîne dans MON salon, en sous-vêtements. Il a vidé MON réfrigérateur. De toute évidence, il a bu comme un cochon.

Tout en parlant, Hanny évalue les dégâts avec des yeux exorbités. L'insouciance de David relève du grand art. Dans le genre bordel, on ne peut guère trouver mieux.

— Pauvre maman, je suis désolée.

— Eh! David, qu'est-ce que tu as fait? On t'avait demandé de surveiller la maison, pas de la mettre à l'envers!

— Ouais, bâille David dont les méninges se remettent lentement à fonctionner. Je ne voulais pas, genre… J'avais faim, alors…

— Regardez, mais regardez donc, il a même posé ses espadrilles crottées sur mon beau fauteuil en cuir blanc!

Madame Doré finit par s'effondrer dans un fauteuil, complètement découragée. Sophia se jette dans ses bras et éclate en sanglots.

— Maman, je suis si heureuse de te voir. Si tu savais comme tu m'as manqué.

— Voyons, Sophia, pourquoi pleures-tu autant ? Tu n'as pas l'habitude de t'ennuyer de moi. De plus, je pense que c'est moi qui devrais être en larmes.

Sophia n'arrive pas à parler, elle chiale trop.

— Va prendre une douche, ma belle. C'est incroyable comme tu pues. Ça va te calmer et aérer la pièce. Pendant que tes deux amis mettent un peu d'ordre dans la maison, je vous prépare un petit quelque chose à manger. Vous allez me raconter tous les détails de votre fin de semaine. D'après ce que je vois, il y a eu de l'action, je me trompe ?

— Non. Mais ce n'est pas ce que tu crois. Tu ne peux pas savoir tout ce que j'ai vécu depuis deux jours. Mais tu ne devais revenir que plus tard ce matin, pourquoi es-tu là, maman ?

— La sœur de Frédérique est venue la prévenir que leur père avait fait une crise cardiaque. Évidemment, Frédérique est partie tout de suite. Alors, me voilà, un peu plus tôt que prévu.

— Ah bon. Est-ce qu'il est mort ? hoquette Sophia qui recommence à sangloter de plus belle.

— Voyons, Sophia, je ne t'ai jamais vue aussi sensible. Il n'est pas mort et il ne va pas mourir non plus. Allez, à la douche. J'espère que votre ami n'a pas mangé et bu tout ce qu'il y a dans la maison, dit-elle en caressant doucement le dos de sa fille et en dissimulant mal une grimace.

Sophia ne se le fait pas dire une autre fois. L'eau bienfaitrice lui permet de reprendre un peu son calme. Elle se lave les cheveux et se savonne trois fois, pour être certaine d'éliminer cette odeur sur elle. Tout de suite après, c'est au tour de Charles-Philippe de sauter sous le jet chaud. Une heure plus tard, tout le monde est assis autour d'un chocolat chaud, de biscuits, de galettes et de muffins. Les jeunes gens racontent les détails de cette fin de semaine éprouvante. Madame Doré tremble de peur à les entendre. Elle est horrifiée et saisie. Elle s'en veut de ne pas avoir été là, près de sa fille. Connaissait-elle cet homme ? Aurait-elle pu prévenir ces événements ? Finalement, elle finit par pleurer comme une enfant. À sept heures du matin, tout le monde, même David, s'étend dans le salon pour dormir ensemble. Après tant d'émotions, pas question d'aller au lit chacun de son côté.

# Épilogue

*Joseph Chamard. C'était le nom de l'homme au long manteau kaki. L'enquête aura permis d'apprendre qu'il a été élevé par une mère obnubilée par les superstitions et les mauvais esprits. Orphelin de père, il a grandi avec sa sœur au milieu des boules de cristal, de la lecture des tarots, de la peur des chats noirs et du nombre treize. Pendant les orages, sa mère sortait l'eau bénite et aspergeait la maison au complet, ainsi que son garçon et sa fille. Ils devaient se mettre à genoux dans le salon pour prier, afin d'assurer la protection de la famille. Elle avait accroché une croix dans chaque pièce, des tresses d'ail à l'entrée de la maison et un fer à cheval au cou de ses enfants et du sien. C'est la jeune sœur de Joseph, Marie, qui a raconté tout cela à la police. Joseph et Marie, deux noms qui n'ont pas été choisis au hasard. Leur mère espérait*

qu'en leur donnant le nom des parents de Jésus, ils seraient protégés du mal.

À la mort de leur mère, c'est une tante qui les a élevés jusqu'à ce qu'ils puissent vivre seuls. Grâce à l'affection et à la grande ratio-nalité de sa tante, Marie réussit à oublier les lubies de sa mère. Cependant, ce ne fut pas le cas de son frère. Digne héritier de sa mère, il s'est mis à s'intéresser à tout ce qui touche le mal et l'enfer. Comme elle, il se croyait menacé par les mauvais esprits. Marie Chamard n'avait plus de nouvelles de son frère depuis deux ans. La dernière fois qu'elle l'avait vu, il tra-vaillait à la boulangerie Au pain béni, ce qui était toujours le cas lors de sa mort. Elle a pleuré énormément lorsqu'elle a appris toutes les choses horribles qu'il avait faites et la façon dont il était mort, dévoré par des rats. Jamais elle n'aurait pu imaginer que les problèmes de son frère le conduiraient à commettre des actes aussi graves.

L'appartement de Joseph Chamard était troublant. Le peu de lumière qui filtrait des ampoules rouges vissées aux lampes créait une impression d'irréalité. Le mobilier se limi-tait au strict minimum. Une table, une chaise, un divan et un matelas pour dormir. Pas de télévision, pas de radio. De toute évidence,

Joseph Chamard avait un talent artistique imposant, hors du commun. Les murs de son appartement étaient couverts de dessins: rats, hannetons, pies, singes et diables prenaient une dimension malsaine, difficile à cerner. Les yeux de ces créatures, que son talent avait rendus presque humains, semblaient lancer de mauvais sorts aux observateurs. Joseph Chamard avait ajouté au crayon noir, en écriture stylisée, des passages de livres, des citations, des présages et des pensées intimes. Avec les dépliants de mon exposition, il avait fait un montage impressionnant autour de mon visage. Il avait découpé soigneusement des dizaines de photos. Autour de chacune d'elles, il avait fait son autoportrait, où son esprit, illustré par un nuage noir, semblait m'envelopper d'un voile protecteur. Le mal, les mauvais esprits, le diable, l'esprit des morts… il vivait quotidiennement dans un monde dominé par le mal. Un monde qu'il avait créé de toutes pièces.

Le plus difficile pour les enquêteurs fut d'établir le lien entre le meurtrier et moi. Plusieurs questions restent encore sans réponses puisqu'il est mort. Par déduction logique, la police suppose que Joseph Chamard m'a vu, pour la première fois, lorsque je faisais des sorties le matin pour prendre des photos. Pour une raison inconnue, il s'est entiché de moi et a commencé à épier chacun de mes gestes. Il a toujours été d'une discrétion sans faille parce que je n'ai aucun souvenir de lui, sauf une vague impression de déjà vu. Il s'est présenté à l'exposition au café Le Foutoir pour voir mes photos, mais il ne s'est jamais approché trop près de moi. Lorsqu'il a lu mon article intitulé «L'enfer n'est pas sur la terre mais dans les égouts», il est possible qu'il y ait vu un signe quelconque, un intérêt commun. Avec mon travail sur les superstitions, il a vraiment perdu la boule et a cru que nous étions des âmes sœurs. C'est alors qu'il a commencé à tuer pour me protéger des mauvais esprits. Bien entendu, il est mort en emportant les détails de cette histoire.

Monsieur Gauvinet, le propriétaire de la boulangerie, est tombé des nues lorsqu'il a appris toutes ces horreurs sur son employé. Joseph Chamard était un homme très discret. Il ne parlait jamais de lui, de sa famille et encore moins de sa passion pour le mal. Il faisait bien quelques commentaires étranges, mais ce n'était pas suffisant pour inquiéter quelqu'un. On le trouvait un peu original, sans plus. Il s'était présenté un matin pour offrir ses services à la boulangerie. Comme il était grand et fort, il travaillait au fourneau et monsieur Gauvinet n'avait rien à dire de négatif sur son travail. Il était ponctuel et assidu au boulot.

Certaines personnes ont été plus chanceuses que d'autres dans toute cette affaire. Grâce à nos déductions, à Charles-Philippe et à moi, et à la surveillance policière, Nicolas Harvey, Paul Imbeault et Léo Allard sont encore vivants aujourd'hui. L'enquête a permis d'apprendre que Nicolas Harvey est un grand collectionneur d'insectes et qu'il possède de très beaux spécimens de hannetons. Paul Imbeault, chercheur universitaire célèbre, travaille sur les causes et conséquences de l'insomnie. Léo Allard, évidemment, est artiste peintre. Certains étaient des clients de la boulangerie Au pain béni. Pour les autres, le lien avec le tueur demeure un mystère. L'inspecteur croit que Joseph Chamard a entendu des discussions au comptoir de la boulangerie et que c'est ainsi qu'il a pu dresser une partie de la liste de ses victimes.

Debout devant une classe attentive, Sophia termine ainsi son exposé oral sur les superstitions :

*Cette histoire démontre bien que les super-
stitions ne doivent pas être prises trop au
sérieux. Elles proviennent souvent d'époques
et de contextes différents des nôtres. La science
explique aujourd'hui plusieurs phénomènes
que l'on attribuait auparavant à Dieu ou
encore au diable. Le tonnerre, certaines maladies ou les éclipses solaires, par exemple.*

L'exposé oral de Sophia a été plus long
que prévu. Évidemment, lorsqu'elle avait fait
son plan de travail, elle ignorait qu'elle allait
vivre littéralement son exposé. Elle a donc
remanié son récit et montré les photos qu'elle
a réussi à prendre tout au long de ces trois
longues journées. Rivés à leurs bancs, ses com-
pagnons de classe l'ont écoutée religieuse-
ment. Le professeur a même oublié de noter
son exposé pour ne pas perdre une seconde
de cette histoire aussi incroyable qu'affreuse.
Même Laurent Dion, qui aurait bien voulu
faire semblant de ne pas écouter celle qui l'a
tant frustré et rendu malheureux, n'a pu s'empêcher de boire les paroles de la jeune fille.

Après l'école, Sophia rejoint son ami Charles-
Philippe. Ami? Elle l'embrasse amoureusement.

Après leur expérience traumatisante, la
jeune fille a décidé de ne plus manquer une

seule seconde de bonheur et de profiter de la vie au maximum. Embrasser Charles-Philippe fait maintenant partie des plaisirs de sa vie. Elle ne s'en prive pas.

— Eh! Je suis surpris toutes les fois que tu m'embrasses. Je me demande si je vais m'habituer.

— Il le faudra bien. Je t'aime et tu sais combien je suis entêtée! lance-t-elle tout en lui caressant doucement les cheveux.

— Eh! Ça, je le sais! murmure Charles-Philippe, embrouillé par toutes les nouvelles sensations qu'il ressent.

— Dépêche! Nous allons être en retard pour notre rendez-vous avec l'inspecteur Sanschagrin.

Malgré son désir de profiter de la vie, Sophia demeure toujours une fille efficace. En arrivant au poste de police, ils entendent hurler l'inspecteur.

— Eh! Un vrai haut-parleur, celui-là.

— Penses-tu, Chapi, que tu vas réussir à perdre cette habitude ridicule de dire Eh! lorsque tu commences une phrase?

— Eh! Je ne sais pas.

— Sophia! Charles-Philippe! s'exclame l'inspecteur qui vient de les apercevoir dans le couloir. Venez, venez dans mon bureau.

Il aime bien ces deux jeunes. La jeune fille a une tête de mule mais elle va aller loin si elle décide de s'en servir pour faire de bonnes choses. Et la loyauté du jeune garçon le touche beaucoup. C'est une qualité rare aujourd'hui.

— Sophia, j'ai quelque chose pour toi. Nous avons sondé le canal pour découvrir les restes éventuels du corps de Joseph Chamard. Malheureusement, nous n'avons rien trouvé. Absolument rien.

Il s'arrête de parler et pense aux conséquences possibles de ce qu'il vient de dire. Sophia et Charles-Philippe sont suspendus à ses lèvres.

— Pas de corps, pas de vêtements, ni même un morceau de botte… Il y avait seulement cette broche sur le muret. Un peu comme si quelqu'un l'avait volontairement déposée à cet endroit. Je crois qu'elle t'appartient.

Très émue, Sophia tend la main pour récupérer le précieux bijou.

— Ma broche ! Il a retrouvé ma broche !

Elle prend délicatement son trésor. Les larmes lui montent aux yeux malgré elle. Charles-Philippe lui serre la main pour la réconforter.

— Je vous remercie, inspecteur. Vous ne pouviez pas me faire un plus beau cadeau.

— Tant mieux, tant mieux. Bon, je vous aime bien, mais j'ai beaucoup de travail et je dois partir immédiatement. J'espère que vous viendrez me voir quelquefois, mais pour de bonnes raisons seulement.

— Eh ! Promis !

Une heure plus tard, les deux jeunes sont assis au café *Le Foutoir*. Jacob et Marie sont attablés avec eux et les écoutent raconter les derniers détails de cette fin de semaine qui restera gravée à jamais dans leurs mémoires.

— Jacob, je voulais que tu m'aides à faire quelque chose pour Galoche. J'ai réussi à lui parler, mais il refuse obstinément de changer sa vie. Il dit qu'il est malheureux dans le monde des étrangers.

— Je veux bien, Sophia, mais qu'est-ce que je peux faire si Galoche ne veut pas coopérer ?

— Il refuse de sortir des égouts, mais j'ai pensé que nous pourrions au moins organiser une collecte pour le nourrir convenablement. Je voudrais que nous amassions de l'argent pour pouvoir lui déposer un petit sac de nourriture, tous les jours, dans la ruelle des Goélands. On pourrait installer une petite caisse dans ton restaurant.

 189

— On pourrait fournir les repas, ce n'est pas compliqué pour nous, déclare Marie, séduite par le projet et toujours prête à aider les gens dans le besoin.

— Alors, c'est d'accord ! conclut Jacob. Je vous offre un chocolat chaud pour fêter ça. C'est ma tournée.

— Eh ! Moi, je mangerais bien un truc, j'ai un petit creux.

Sophia regarde son amoureux avec une grande tendresse. Elle est heureuse. Elle est entourée de gens qu'elle aime et elle va pouvoir aider son ami Galoche. Elle porte la broche à laquelle elle tient tant. Elle a une petite pensée pour Joseph Chamard et Marie, sa sœur, des enfants qui ont été malheureux. Elle savoure encore plus son bonheur et sa joie. Elle s'approche lentement de Charles-Philippe et lui donne un baiser long, comme une caresse.

— Merci à vous aussi. Merci beaucoup d'être là, ajoute-t-elle en regardant ses deux amis, Jacob et Marie.

Il y a un brouhaha rassurant dans le café. Des clients discutent dans une musique d'ambiance qui invite au plaisir. Un client entre dans le restaurant. Des bruits provenant de l'extérieur viennent bousculer les sons et les odeurs du *Foutoir*. Une petite brise se mêle à l'air chaud du café.

Bercée par ces douces sensations, Sophia rentre chez elle en fin d'après-midi. Elle flotte comme sur un nuage, heureuse.

— Salut, maman !

— Enfin, te voilà. Quelqu'un est venu livrer des fleurs pour toi. Probablement un amoureux, taquine sa mère. J'ai déposé la boîte sur ton lit.

— Des fleurs ?! Maman, Chapi est un gars vraiment génial. Il est gentil, attentionné. Comme si ce n'était pas assez, il m'envoie des fleurs.

Sophia est assise sur son lit. Elle étire son plaisir en ouvrant délicatement la boîte. Une grimace transforme son sourire.

— Mais… c'est pas drôle du tout, des œillets rouges. Pourquoi Chapi a fait ça ?…

Envahie par le doute, la jeune fille prend la petite enveloppe blanche cachée sous les fleurs. Elle repousse avec force les mauvaises idées qui surgissent dans son esprit. Sophia est debout, en transe, les fleurs éparpillées à ses pieds. Elle voudrait crier à sa mère mais n'y arrive pas. Sur la carte tombée près du lit, il y a un dessin. Un rat affreux avec deux petits yeux jaunes qui la regardent.

# TABLE DES MATIÈRES

**Isabel
Brochu**

Isabel Brochu habite dans la belle région du Saguenay–Lac-Saint-Jean, à La Baie. Elle est consultante en développement de projets et mère de deux enfants : une adolescente de quatorze ans, sa première lectrice, et un fils de deux ans et demi.
*L'odeur du diable* est son premier roman pour la jeunesse.

## COLLECTION CHACAL